Antes de Otis

J. M. SERVÍN
Antes de Otis

RANDOM HOUSE

Papel certificado por el Forest Stewardship Council®

Antes de Otis

Primera edición: febrero, 2026

D. R. © 2025, Juan Manuel Servín

D. R. © 2026, derechos de edición mundiales en lengua castellana:
Penguin Random House Grupo Editorial, S. A. de C. V.
Blvd. Miguel de Cervantes Saavedra núm. 301, 1er piso,
colonia Granada, alcaldía Miguel Hidalgo, C. P. 11520,
Ciudad de México

penguinlibros.com

ISBN: 978-607-386-991-1

Impreso en México – *Printed in Mexico*

Para mi Lucy

Estar solo no tiene nada que ver
con cuántas personas hay alrededor.

RICHARD YATES, *Revolutionary Road*

I

He ingresado al pasillo de la vejez. Una proeza llegar sin mayores consecuencias con la vida que llevo.

No me atrae esta época ensimismada en las redes sociales. Me he acostumbrado al distanciamiento de amigos, les correspondí de la misma manera. Soy un sobreviviente a muchas vidas en una misma; cosa que a las nuevas generaciones, hipocondriacas, parece improbable. El conocimiento reflexivo se volvió un meme.

Durante el covid, me vacuné tres veces y no me sentí a salvo. Nadie de mis conocidos murió. La Salud fagocita Enfermedad. Somos flora y fauna de las pandemias. La muerte merodea, pero es imposible saber a quién elige. Me equivoqué al creer que el covid ayudaría a depurar la sobrepoblación. Por lo menos unos cuantos millones. Quedó comprobado que todo lo que vale la pena está en extinción, mientras la especie humana prolifera. Así es, en todo, cada emergencia sanitaria y los exterminios masivos afloran nuestra hipocresía y egoísmo. Durante la pandemia, hice reuniones muy concurridas en mi domicilio muchas veces. Un desafío al control sanitario; nos emborrachamos, desesperados por el encierro paranoico y la incertidumbre. No pasó nada grave para paliar nuestra influenza existencial. Vivimos extraviados en un laberinto de espejos rotos por nuestra presencia.

A todos, de alguna manera, el pasado nos agobia y lo almacenamos en una bodega sellada al paso del tiempo. Pero de sus grietas se escurre una sustancia viscosa de recuerdos contagiados por el virus del fracaso. La pandemia del covid fue mi *Diario del año de la peste*, como la describió Daniel Defoe: "Pero el aspecto general, como digo, ya estaba muy alterado; todos los rostros exhibían aflicción y tristeza; y si bien algunas zonas todavía no estaban sumergidas en la desgracia, todos estaban preocupados; y cuando vimos que el mal se aproximaba sin lugar a dudas, cada uno de nosotros se vio a sí mismo y a su familia en el mayor de los peligros. Si fuese posible describir con exactitud lo que sucedió en esos días a aquellos que no los vieron y transmitir al lector las verdaderas imágenes del horror que por doquier se manifestaba, este se vería hondamente impresionado y lleno de sorpresa".

Desde entonces mi vida social ha sido casi inexistente. He trabajado duro en reinventarme casi desde cero y me quité de encima la indolencia para valorar el amor que me rodea, sobre todo de Berenice, mi pareja.

Vivimos una decrepitud colectiva de la que cada quien podrá medir las secuelas y ninguna se parecerá a las de los demás.

La vida que me queda perdió su valor por la simple razón de que ya no me interesa lo que pasa cerca. Quizá me convendría aceptarme como parte de la paranoia colectiva en lugar de encerrarme en mí mismo. Pero no puedo y esa es la mejor manera de perder el tiempo. No duermo lo suficiente, paso las noches recostado en mi cama mientras divago, mirando en la ventana el cambio de matices de la penumbra hasta que clarece. Frecuentemente, me ocurren cosas raras que ya no sé si son delirios, pero me ayudan a mantener cierta lucidez durante la vigilia.

Pongo cara contrita y apruebo, en un silencio respetuoso, las cuitas de los demás, como si me importara su palabrería egoísta. Estoy convertido en un vejete que alguna vez tuvo convicciones. Un fracaso.

Mi presente no va más allá del deseo de destruirme sin prisas, a mi modo, ajeno a las consecuencias. Eso soy yo hoy en día.

Se supone que ya hice todo lo que tengo que hacer con mi vida y solo queda mantenerme lo más lejos posible de la enfermedad y de la manía de renegar contra mis circunstancias. Tengo achaques marcados por los excesos. No quiero presumir de buena salud, ¿de qué sirve una vida disciplinada, asustado por la posibilidad de caer enfermo? Todos lo estamos de un modo u otro.

Mantenerse sano es un negocio millonario tanto como morir. Allá va el ruco con su *outfit* deportivo pendiente de los kilómetros diarios de pasos registrados en una aplicación de celular. Otro viejo guango y barrigón que hace *jogging*, *biking* o yoga. Visitas frecuentes con médicos especialistas engordan sus cuentas de banco. Ahora resulta que una miserable copa de vino y una raya de cocaína pueden ser mortales. Masa corporal, calorías quemadas, ritmo cardiovascular bajo control, para que el día menos pensado en el transporte público un demente te apuñale o te inyecte un veneno, te metan un balazo en un asalto, te estrelles en un vehículo o, de un día para otro, te diagnostiquen cáncer. Hoy en día, si estás enfermo, estás sano y te vuelves útil al sistema de consumo.

Jamás pruebes nada que te haga feliz, aunque sea momentáneamente. La sobriedad es el dogma de los cobardes. ¿Quiénes estaremos más dañados?, ¿los toxicómanos o los demás: los que nos ven como enfermos delincuentes? No le hagas daño a tu cuerpo y mente, y a cambio podrás soportar sin peligro a la estupidez que te rodea.

No quiero dejar nada a los carroñeros de la salud. Morir sobrio sí que me da miedo: las campañas contra el alcohol y las drogas son un disparate. Este es un pueblo de toxicómanos y sociópatas insatisfechos. Sé lo que digo. Sería más útil prohibir Netflix.

Para celebrar mi onomástico sesenta, Bere y yo nos lanzamos con otras dos parejas a Acapulco. Era una ocurrencia atrevida, aun bajo las secuelas del covid, para un grupo que no había vacacionado ahí desde su lejana juventud. El antes majestuoso puerto turístico sobre todo ofrecía crimen y abusos de alto riesgo, pero nos movía una nostalgia revolcada por el oleaje de nuestra nostalgia de clase trabajadora. No nos pasaba por la mente que, meses después, Acapulco quedaría destruido por un huracán.

Reservamos tres noches en el Hotel Flamingos. Tres parejas aficionadas al morbo del cine en blanco y negro. Ahí vivió Johnny Weissmüller, el Tarzán más famoso y delirante del mundo. Compró la propiedad en sociedad con John Wayne y Errol Flynn. Poco después, se unieron Cary Grant, Red Skelton, Bo Roos y Richard Widmark. Los apodaron "La Pandilla de Hollywood". Construyeron 36 habitaciones más en un hotel modesto para convertirlo en "el escondite" durante muchos años. Una guarida de bacanales exclusivas para la crema y nata de la sociedad hollywoodense y empresarial de su época. Drogas duras, mujeres y hombres indefinidos con preferencias sexuales ambiguas, champaña y "cocos locos": coctel con ron y ginebra inventado en Acapulco a saber por quién. Es la bebida local más famosa. Empeda durísimo. Como corresponde a su propósito original.

Al Flamingos asistían entre otras luminarias Rita Hayworth, Dolores del Río, Virginia Hill, "La Reina de la Mafia", y sus *scorts* invitadas por Alfred Blumenthal, prestanombres de la mafia italoamericana. Era el padrote de la prostituta de lujo y operadora financiera, Hill, además de propietario del Hotel Casablanca y del Ciro´s, en la capital del país, en avenida Juárez.

Weissmüller murió en el Flamingos de demencia senil agravada por un edema pulmonar en 1984. Vigilado a lo lejos por los empleados, solía aullar como Tarzán, rondando el hotel y, sobre todo, la alberca y los miradores. Irascible, no reconocía a nadie. *¡I'm the greatest athlete in the world, bastards!* Se quedó atrapado para siempre en una jungla de borracheras. Quizá llamaba a gritos extrañando a su pandilla de pervertidos, todos ya muertos para entonces. Sus restos están enterrados en el cementerio de Acapulco, Valle de la Luz. No fui a conocerlo. Los cementerios son como la mesa de un bufete lleno de sobras.

Dos meses después de planear la escapada durante una parranda, tomamos un avión. Amanecidos, Bere y yo pasamos más tiempo en el traslado al aeropuerto y en la sala de espera que en el vuelo y la llegada al hotel. La sala de abordar estaba atiborrada de lo que parecía una huida masiva del aburrimiento, del vacío. En la tediosa espera montamos escenarios improbables a nuestro presupuesto: iremos al Baby O y, si nos dejan entrar, nos amanecemos. Lo incendiaron, no mames. A la Luismi, comeremos langostinos al atardecer en Punta Diamante. Si acaso nos alcanzaba para unos cocteles de camarones aguados e ir a algunos tugurios del centro de Acapulco. A ver si no nos toca una balacera. Lejanamente, recordaba al Armando's, la mejor discoteca del mundo, según decían. Lujo y derroche del *jet set* internacional en uno de sus lugares más exclusivos. Todo eso ya había terminado.

Era finales de agosto y Acapulco se había convertido en paraíso mortal donde aún le faltaba pasar lo peor en muchos años. Su *glamour* flotaba como mierda en el desagüe al mar hace ya muchos años. Lo único que reconocí desde que abordamos el taxi al Flamingos es la tradicional cortesanía que disfraza ese resentimiento tracalero del mexicano en general y que brota de inmediato en los servicios turísticos.

Finalmente, también era una improvisada luna de miel con Bere. Desde que nos conocimos quedó marcada por mi inopia y dipsomanía. A ella le gustaba la bebida, pero no se imaginaba a quién tenía abrazada con aliento de *gin tonic*.

Esta "pandilla" a la Weissmüller precaria me acompañaba en lo que prometía ser *Días de vino y rosas*.

Nos registramos en la recepción del hotel, incrustado en un risco desde donde se domina la bahía de Acapulco. Nos recibió un letrero, arriba de un mural fotográfico de sus personajes legendarios: "Bienvenidos al escondite de la pandilla de Hollywood. 1950-1984". "Pandilla" me pareció ñoña, a la *Don Gato*. Los tipos posando en la foto en blanco y negro eran serios.

Toda una época salvaje y libertina que habría que remontarse al surgimiento del puerto dorado del *jet set* internacional. Roberto Blanco Moheno, el furibundo y polémico periodista de derechas en los años cincuenta del siglo xx, escribiría en sus columnas semanales en *Impacto*: "Acapulco está destinado a aventureros internacionales y politiquillos traidores a su sangre mestiza, a Sodoma y Gomorra de la gente del cine".

Miguel Alemán, presidente de México de 1946 a 1952, abrió el paso a la inversión para el lavado de dinero. El gran orquestador del ingreso a la modernidad mexicana. Es creación suya el proyecto de Acapulco como una riviera a la francesa. Gracias a la complicidad de la mafia italiana asentada en Estados Unidos y del gobierno estadounidense, pronto llegarían a Acapulco inversiones millonarias en dólares de ambos países, la élite internacional, el narcotráfico, la prostitución de lujo, el lavado de dinero. Espionaje, intriga de alto nivel. Complicidades entre la mafia italiana y el gobierno de México. Las élites se fortalecen con pactos de silencio.

En *La dama de Shanghái* (1947), película icónica de Orson Wells, Acapulco aparece como escenario exótico: hamacas con vista al mar delante de chozas habitadas por aldeanos ensimismados y serviciales que consiguen lo prohibido. Pronto se convertiría en un puerto paradisiaco de prostitución y muerte. James Ellroy le dedica una novela a Elizabeth Short, "La Dalia Negra", de veintitrés años, bella y sensual, una aspirante más a convertirse en estrella de Hollywood. Fue descuartizada en Los Ángeles el 15 de enero de aquel año. La policía la encontró en un terreno baldío no lejos de Beverly Hills con quemaduras de cigarro, cortes de navaja en el rostro y contusiones en todo el cuerpo. Tenía marcadas, en uno de los muslos con arma punzocortante, las iniciales BD. *Black Dahlia*, mote con el que sería inmortalizada en el universo del *true crime*, el cine y la literatura negra. El examen forense decía que las lesiones se las hicieron aún viva. Entre las teorías conspirativas se especula que, semanas antes de su muerte, fue llevada bajo engaños a Acapulco, en yate desde San Diego, por un amante ocasional, Red Manley, de veinticinco años. Le prometió conseguirle un papel como extra en una película que se filmaba en el puerto. El padrote se presentaba como agente de ventas, exoficial de la marina y pasante de medicina. Tenía una investigación archivada, sin cargos en contra, como parte de una red de enganchadores de mujeres para aparecer en películas porno. Hospedó a Short en el hotel Hornos, ya desaparecido, donde la esperaba una atractiva mujer estadounidense: Virginia Hill. Pagó por adelantado en efectivo a Short y otras mujeres jóvenes reunidas ahí. Terminarían esa noche y la siguiente en una mansión rentada a un famoso actor mexicano. Short fue violada varias veces, drogada con heroína. Regresó destruida, con mil dólares en su bolso, acompañada por otras dos mujeres en el mismo estado y por un sujeto desconocido que las custodió en barco y autobús hasta Los Ángeles. En la orgía estuvieron personajes de alto nivel de Hollywood y de México que habían pagado enormes fortunas a Hill como organizadora. Manley fue uno de los tantos sospechosos absueltos de la muerte de Short; declaró a la policía que había pasado con ella unas horas por la noche, una semana antes de que encontraran el cadáver. Feminicidio sin resolver, extraviado entre montones de expedientes judiciales, que nutre hasta hoy la industria cultural del morbo y la frivolidad como máxima expresión de una sociedad depredadora y alienada. Como *copycat*, la alta sociedad mexicana y las estrellas de cine organizaban el mismo tipo de orgías en mansiones de las Lomas, en el D. F.

Apenas se comenzaba a construir la gran avenida costera y uno que otro hotel de lujo. Dentro de muy poco, Miguel Alemán, asociado, entre otros, con un notario de apellido Palazuelos, regalaría terrenos ejidales, despojados a campesinos, al petrolero Jean Paul Getty para que construyera el lujoso Hotel Pierre Marqués en Playa Revolcadero. John Wayne, Johnny Weissmüller, Cary Grant y otros más se despacharon con la cuchara grande, gracias a las facilidades otorgadas y sus operadores financieros, para asociarse en la compra y cons trucción de hoteles como el Flamingos. Era un plan a todo lujo para convertir Acapulco en zona de casinos. Otra Cuba, como en el régimen del dictador Batista, pero administrado por la cúpula gubernamental priista. El cerebro de todo era Frank Costello, el máximo gángster de la Cosa Nostra en Estados Unidos, quien pasaría unas semanas en México como incógnito para supervisar los negocios en marcha.

En realidad, yo quería recuperar algo del pasado de mis padres durante su estancia en Acapulco de 1949 a 1954 y el encuentro circunstancial de mi padre con Virginia Hill. Ya he profundizado en la vida de ella en otro relato. La operadora de la mafia italiana conoció en México a través de un exaviador del ejército mexicano, a Dolores Estevez Zuleta, la narcotraficante mexicana más poderosa del país. A los trece años ya era prostituta y "mula", en una canasta vendía frituras en las calles y pequeñas dosis de mariguana que le conseguían agentes de la policía. La apodaban "Lolita", como el personaje de Nabokov. Dos años después fue detenida e ingresó por primera vez al penal de Lecumberri bajo el cargo de "distribuir ocasionalmente" la droga. Quedó libre a las pocas semanas, gracias a que las autoridades consideraron "falta de méritos e ingenuidad". Ya como "Lola, la Chata" y varias reincidencias en el penal, se convirtió en la "Reina de las Drogas". Controlaba desde su puesto de comida en La Merced del D. F. dílers y "picaderos" por toda la ciudad. A Lola le daba lo mismo venderle a pobres o a ricos. Todos la buscaban ansiosos. La habían hecho rica y poderosa. Repartía canonjías y dinero a puños a la policía, que además de extorsionarla le vendían decomisos a mitad de su precio en el mercado negro.

Esa mañana de primavera de 1950, acudió a una cita en privado con Hill, en un gabinete del restaurante del Hotel del Prado, para entregar alijos de droga por un total de cincuenta mil pesos. Los traía dentro de una elegante bolsa de piel para mujer, una de las dos iguales que la Chata mandó a comprar meses antes. La otra se la había dado a su clienta a través del expiloto el día previo que las presentara por primera vez. Intercambiaban bolsas al momento de hacer la finanza. Como era usual, la Chata cubría la cabeza con un rebozo y su mirada recia tras unos lentes oscuros. Solía traer un vestido largo, amplio, abierto del pecho y los brazos ocultos con una blusa de manga larga. Hill veía en su díler una simia astuta y respetable; en cierto modo, se dedicaban a lo mismo. La Chata veía en la gringa a una puta a las órdenes de mafiosos millonarios, como había tantos en el país. No eran amigas, solo socias de venta y compra de codiciados productos de alta calidad. El exaviador hacía de intérprete para ambas, pese a que Hill manejaba un español aceptable. Se saludaron por mero trámite, hicieron la transacción y Hill, seguida detrás de su custodio, se retiró sin despedirse. Ambas cargaron cada quien bajo el hombro izquierdo las pesadas bolsas. A la entrada del hotel, a la Chata la esperaba como guardaespaldas un agente de la policía secreta, que se acomedió de inmediato a llevar el bulto.

Llegamos poco después del mediodía y nos recibió un hotel vetusto, aún con mucha personalidad. Todo pintado de fucsia y blanco. Se veía así desde la entrada empedrada de subida que obligaba a los coches a forzar la marcha. Las calles estaban desoladas día y noche. El Flamingos no decepcionaba con su arquitectura demodé que recordaba a esas casas viejas de mediados del siglo xx que abundan aún en las colonias más céntricas de la Ciudad de México.

Calor húmedo a unos treinta y dos grados a la sombra y árboles frondosos, olor a mar y a putrefacción que llega con la brisa. Tal y como en mi niñez cuando me alojaba con mi numerosa familia en la Casa de Huéspedes Walton, abajo, muy cerca de Caleta. Precios a modo de pignorantes del Monte de Piedad. Mis primeros recuerdos son cuando tenía seis años. Íbamos en Semana Santa. Con mi hermano Eduardo en la playa tengo fotos, nos vemos felices, ajenos a nuestra realidad como los menores de una familia que fue decayendo con el paso del tiempo. Mi madre nos decía que conocimos Acapulco casi de bebés, pero que no recordábamos nada porque éramos muy burros. "Eras berrinchudo desde entonces", me reprochaba. Nos untaba aceite de coco para agarrar color y luego leche de magnesia para las quemaduras de piel. A los tres días ya estábamos bien tostados, con la espalda ampollada, y ardor en todo el cuerpo.

Nos dormían en camastros en el patio, y volaban cucarachas enormes; de la cocina, día y noche olía a pescado frito. Mi hermano y yo nos entreteníamos cazando cucarachas para cortarles las alas. En uno de esos viajes, escondí dos en un frasco entre mi equipaje. Llegaron vivas y las solté en el pasillo del edificio donde vivíamos en la colonia Juárez. En la noche, oíamos los ronquidos de los huéspedes en dormitorios repletos. Casi todo lo que comíamos eran tortas de atún y sardina, tacos fritos, papaya que nos vendían muy barata y que caía de los árboles de la casa de huéspedes. Tomábamos refresco Lulú. Los niños no se quejan de las carencias mientras tengan la panza llena.

En alguna ocasión, a Rosa María, la hermana mayor, se le ocurrió llevarnos, durante las vacaciones escolares de julio, a tres de sus hermanos: Eduardo, Lucía y yo. Era el pretexto para estrenar su flamante Volkswagen gris, comprado en mensualidades.

Éramos unos mocosos. Lucía servía de dama de compañía y mandadera a la mayor de todos. Era imposible conseguir hospedaje, incluso con los Walton, cuya enorme casa de dos pisos alrededor de un patio con árboles frutales parecía refugio de inmigrantes chilangos. Durante horas, recorrimos la costera desde Caleta hasta Punta Diamante en busca de un hospedaje modesto. A lo lejos, alcanzábamos a ver las playas atiborradas de bañistas y sombrillas. En algunos hoteles tenían alberca, y en lo que Rosa María hacía su lucha, Eduardo y yo nos metíamos a chapotear hasta que iba un empleado a sacarnos de mal modo.

En una de esas, Rosa María, soberbia a más no poder, me dio un fuerte manazo en la boca cuando, a la altura de un Sanborns en el centro de Acapulco, se me ocurrió pensar en voz alta:

—No vamos a conseguir nada.

—Chamaco majadero, negativo, dices puras pendejadas.

Arrebujado en mi asiento trasero con el hocico ardido, soporté una fuerte andanada de más insultos, jalones de greñas y amenazas que incluían regresarme de inmediato en camión.

Minutos después, casi chocamos en la costera. Rosa María era una cafre enfurecida bajo el calorón, concentrada en manejar su cochecito que apestaba a gasolina. Nunca veía los espejos retrovisores. Hizo una maniobra por la derecha para rebasar y pasó por una enorme mancha de aceite que hizo girar derrapando al vocho. Quedó atravesado a media costera con la trompa hacia la playa. El rechinido de llantas de los coches detrás antecedió a un vacío de ruido. Salimos ilesos, menos de las mentadas de madre a Rosa María. Las regresó a todo pulmón. El sustazo tranquilizó a la energúmena de lentes oscuros enormes, bermudas y blusita playera, que mostraban las piernas y brazos regordetes, embadurnados de bronceador. Los cláxones despabilaron a Rosa María para arrancar y enderezar el coche. Los demás teníamos pegadas las caras en las ventanas, todas grasientas por nuestra piel. Las delanteras iban cerradas porque Rosa María estaba necia en probar el aire acondicionado que no servía de nada.

Muy despacio, retomamos la marcha hacia Pie de la Cuesta. Íbamos en silencio, sancochándonos en esa olla exprés apestosa a gasolina. Yo iba temeroso de decir otra ocurrencia y que me zorrajaran otro sopapo en el hocico. Luego de un recorrido que parecía interminable, dimos con los bungalós María Cristina, en Pie de la Cuesta, frente al mar. Incrédulos y felices, a Rosa María le rentaron un cuarto sin aire acondicionado a mitad de un corredor de arenilla y grava con seis habitaciones en cada lado. Nuestro bungaló tenía dos camas matrimoniales, un refrigerador ruidoso y un ventilador enorme en el techo que zumbaba como si la habitación de cemento fuera a despegar arrancada del suelo.

—Esta ya anda de coqueta —dijo Lucía por lo bajo. Su hermana ya platicaba con el administrador, muy pizpireto al entregar las llaves a su huésped nalgona, cubriendo con mascada de seda multicolor su abundante cabellera teñida de castaño claro, y de traje de baño azul bajo una blusa amarilla con espalda descubierta y sandalias. Así salió de las regaderas para huéspedes del María Cristina luego de cambiarse de ropa. A Eduardo y a mí nos presentó como a sus hijos adoptados. Su mitomanía era despiadada. Yo tomé como pretexto la regañada para hacer una mueca con la trompa, imitando a mi héroe Jai, el compañero del Tarzán de la serie que en esos años pasaban por televisión. Rosa María se contoneaba como protagonista de alguna película de rocanrol mexicano. Se detuvo a mirar por fuera nuestro hospedaje, y luego la vista al mar con el piecito izquierdo, pisando en puntas como si modelara. Traía las uñas pintadas de rojo.

—A ver, di algo —me retó Eduardo.

Eran vacaciones que, por lo regular, iba toda la familia repartida en dos coches de los hermanos mayores, apretada, y yo en el hueco trasero del vocho detrás del asiento o en las piernas de Lucía. Siempre me mareaba y tenían que llevarme bolsas para el vómito. Mi hermano Tamayo me apodó el "Vomita Vengo". Los adultos amaban Caleta, aplaudir los clavados en la Quebrada y comer en fondas del centro del puerto, garnachas, pescadillas y coctelitos. El chupe no faltaba en una mesa con sombrilla, rodeada de tumbonas alquiladas. Mi padre contaba, una y otra vez, su estancia en Acapulco con mi madre, Raúl, Hilda y Rosa María, los tres hermanos mayores; los demás aún no nacíamos. Un anecdotario de picardía a la deriva.

Mi padre solía llevarnos a mi madre y a los dos más pequeños a buscar a sus viejos amigos en alguna fonda en el centro. Esos tipos eran unos timadores con poca suerte. Habían sido joyeros. Vivían de vender alhajas "goleadas" (falsas) y terminaban en líos. A mi padre le mostraban prendas para valuarlas. Nos decía que eran muy flojos, por eso no aprendieron el oficio. La última vez que vimos al Volteado, uno de sus amigos, fue en Caleta. Lo apodaban así por cacarizo y tener la tez rojiza por un acné que no lo dejaba en paz. Ahí nos encontró y le contó a mi padre que debía dinero y lo estaban buscando para matarlo. Casi se acabó una caja de cervezas contando tragedias hasta que mi madre le dijo que pusiera dinero para comprar más. Sin disculparse se fue caminando sobre la playa con los zapatos de calle puestos. Así era siempre, los amigos de mi padre se hacían los ofendidos cuando les paraban el alto.

Leche de magnesia y vitacilina para todo remedio cutáneo, ronchas por todo el cuerpo por los piquetes de moscos y pulgas, peleas a golpes y a gritos en las palapas por vecinos borrachos. Mi madre sacudía la arena a pataditas al aire con sus piecillos regordetes y callosos. Con unas cubitas adentro, cantaba *Perfidia* y *Amor, qué malo eres*. Por la noche, caminábamos en fila india detrás de mis padres en el malecón y sobre la costera. Parecíamos una tribu de cazadores. A veces mis padres y los mayores se quedaban hasta tarde chupando en la playa. Lucía y Olga, la hermana que me seguía en edad, nos llevaban a la casa de huéspedes y a veces se iban por ahí en lo que llegaban los demás. Terminábamos agotados, sudorosos y dormíamos con el traje de baño puesto y con arena entre las nalgas.

Acapulco, 1951. A Lucio lo apodaban el "Alacrán". Vaya uno a saber por qué. A veces se nos unía el "Palanco" y su familia.

El Palanco era otro joyero de Guadalajara radicado en Acapulco y tenía un expendio de leche. Otro borrachazo lleno de vida; siempre estaba de buenas. Durante un paseo a Acapulco, poco después de la muerte de mi madre, mi padre se quedó sin dinero por despilfarrarlo como siempre. Íbamos en dos coches, repartidos los adolescentes, Eduardo y yo, con mi hermana Hilda en su Datsun y sus tres engendritos: Gabriela, Sara y Daniel. Berrinchudos y majaderos a más no poder. Su madre les había conseguido, a través de su trabajo, una beca para estudiar en el Liceo Franco Mexicano. Las ínfulas que se daban. Entre ellos hablaban en francés para ignorarnos y hablar mal de nuestra familia. Tamayo y su esposa Socorrito en su coche consolaban a mi padre para convencerlo de que la pasaríamos bien esa semana en Acapulco. Estaba en bancarrota. El viejo ya no podía darnos órdenes a nadie ni presumir su cartera a la hora de pagar. Se entretenía discutiendo con Hilda, otra furiosa y complaciente con sus nenes luciferinos: querían comer todo el tiempo pizza, y mi padre prefería aguantarse el hambre y su antojo por unas cubas heladas con vista al mar. Decidieron ignorarse, y mi padre solo viajaba en el Volkswagen traqueteado de Tamayo, el sexto de los diez hijos. Yo tenía quince años; Eduardo, trece. Desde entonces, probábamos a escondidas los restos de las cubas que recogíamos acomedidos.

Ni siquiera Tamayo, con su talento para embaucar a la gente, había conseguido un poco de dinero para hacernos menos tortuoso ese largo puente de 15 de septiembre de 1977. Al segundo día, se fue un rato al mercado a buscar sin éxito compradores para una pulsera obviamente goleada, muy corriente y con un baño de oro de bajo kilataje para dar la pinta de ser fina. Trabajo para timadores de alta escuela. Las quintaba y siempre traía su herramienta. Había sido aprendiz en varios talleres de joyería, entre ellos el de mi padre. Como en un conciliábulo afuera del coche de Tamayo, oíamos las opciones para hacernos de un dinerito; y, mientras, mi padre intentaba recordar alguno de los teléfonos de su viejo camarada de parrandas, el Palanco. Llamadas inútiles. Mi padre se resignó a que no quedaba de otra más que esperar dos días el resultado de la lotería. Traía cinco cachitos. "A lo mejor esta es la buena", sentenció con un gesto de derrota apuntillado por la cruda. Como todos los de su tipo, la suerte era su religión.

A Eduardo y a mí nos condenaron a ir en el Datsun con Hilda y sus escuincles a todas las playas y a supermercados cercanos por víveres o golosinas. El rencor nos duró semanas. Nos habíamos convertido en criados. Comíamos todos dentro de los coches con las puertas abiertas, estacionados sobre la costera. Mi padre no quería pasar vergüenzas con los meseros. Los trataba como si fueran sus empleados de toda la vida. Eduardo y yo caminábamos hasta la playa a remojarnos y regresábamos con la ilusión de que hubiera algo rico de comer o un refresco bien helado. Entre tanto nos robábamos chucherías y pelotas olvidadas en las tumbonas.

De la suerte, nada.

Mi padre se había cebado contra sus hijos menores. En las noches nos hacía bromas pesadas para no dejarnos dormir. Nos echaba hielos en la espalda cuando estábamos en la cama, cubetazos de agua helada de hielos derretidos, por cualquier falta; una madrugada me destapó al oido una lata de Pepsi. Adormilado, lo vi cómo se tomaba mi refresco a grandes tragos. No había más, y yo lo tenía escondido al fondo del refri, entre envases de leche y agua purificada, para evitar que mi Pepsi cayera en manos de alguien más. Hasta entonces entendí por qué lo apodaban Alacrán: venenoso y con un genio impredecible.

Fuimos a Acapulco invitados por Hilda, que había comprado un tiempo compartido; era la novedad en aquellos años a finales de los años setenta del siglo veinte como símbolo de ascenso económico. Los vendían en pagos inmobiliarias asociadas con el gobierno. Mi hermana trabajaba en Infonavit como auxiliar de oficina. El bungaló estaba por el rumbo de Punta Diamante. La inmobiliaria prometía comodidades a todo lo que da: alberca, aire acondicionado, amenidades, vigilancia, en fin. Nos tardamos todo un día en encontrarlo entre brechas que atravesaban terrenos abandonados con maleza quemada y ganado famélico arriado con varas largas por paisanos descalzos.

Al atardecer, encontramos un predio de casitas, alejado de la autopista a medio construir, sin mosquiteros ni tiendas. Era un mini Infonavit costeño. Seis días pasamos ahí como los personajes de *El salario del miedo*. Sin dinero y fraguando una huida con mi padre como tripulante, y sin que Hilda, la única de todos con dinero suficiente, lo tomara como una ofensa imperdonable y desatara un broncón.

—Nadie los había traído jamás a un lugar tan bonito y sin gentuza —recriminaba.

—Ni siquiera está cerca la playa, y si dejo ir a mis muchachos, se ahogan, es mar abierto, por eso no viene nadie. Prefiero Caleta. Hay de todo —repelaba mi padre.

A mí no me gustaba meterme al mar, me daba miedo. Aún ahora. Me mojaba las piernitas a la altura de los muslos y así estaba un rato, fingiendo que me divertía mientras no perdía de vista a las bañistas, sobre todo a las extranjeras. A mis quince años recién cumplidos me daba pena no saber nadar. Ya no. Había pocas chicas guapas y no recuerdo que hubiera tanta gordura como hoy. Vulgaridad, sí, mucha, como resaca llena de inmundicias. Ocultaba mis erecciones metiéndome un poco más adentro del mar, y en cuanto se me bajaba, salía corriendo. Me iba a recostar en las tumbonas y a esperar a que mi padre, o Tamayo, pidiera una botana para zamparme lo que pudiera, cuidándome de que no me regañaran por glotón. Una orden tras otra de camarones y ostiones. Pero esta vez no había sido así. Puras "pescadillas" grasosas y sándwiches de sardina. Mi padre era demasiado orgulloso para pedir un préstamo a Hilda. En su cartera solo le quedaban los billetes de lotería. Mi hermana se hacía de la vista gorda, esmerándose en atender a sus engendros. De todos modos, Tamayo ya se había ofrecido de mandadero para ir a las tiendas cercanas por comida, agua y golosinas para sus melindrosos sobrinitos. Se nos hizo raro, y luego entendí por qué. Tardaba mucho en regresar y siempre le daba información confidencial a mi padre. Se clavaba parte de los cambios y al poco rato ya le alcanzaba para un *six* de cervezas.

Tamayo y su mujer mataban el tiempo sentados en sillas de plástico que apenas y los sostenían, fumaban un cigarro tras otro y quién sabe qué tanto intrigaban en voz baja. Socorrito revisaba su bolso a cada rato y de vez en cuando le pasaba dinero discretamente a su marido, como cuando uno pasa una bolsita de droga a escondidas de metiches. Venía bien provista de cigarros, fumaba como condenada a la muerte.

Al tercer día de discusiones entre los irreconciliables antagonistas, mi padre revisó sus billetes de lotería frente a un quiosco cercano a Playa Hornos. Resultó que tenía un premio en efectivo. El expendedor se puso más contento que mi padre. Nos felicitó con esa alegría costeña, bullanguera y lépera. Lo mandaron a una agencia cercana de un Sanborns y fuimos todos sin avisarle a Hilda. De regreso le dio cien pesos de propina al billetero. Mi padre se volvió un Onassis de todas las playas populacheras que visitamos los dos días restantes. Cuando nos dio la buena noticia, traía la boca reseca y resoplaba. En Puerto Marqués rentamos una lancha solo para nosotros. Alquilamos una hielera llena de bebidas. Hilda se había ido con sus hijos al CiCi, un balneario cerca de Playa Icacos, incendiado poco tiempo después.

El viejo nos consintió como nunca. Pagaba la gasolina de los dos coches. Nos mandó a un súper, en lo que él esperaba en una palapa atendido como rey, a comprar una hielera que llenamos de cervezas, brandy, refrescos y botanas. Vimos los atardeceres en Caleta y Pie de la Cuesta, oyendo tríos y niños que cantaban rascando como güiro una botella de Orange Crush, contratados por mi padre. A los engendros les regaló unos salvavidas y a nosotros nos compró trajes de baño rayados de muchos colores. Se puso unas papalinas con Tamayo y Socorrito a todo lo que daba su bolsillo de nuevo rico de caducidad inmediata. Una noche fuimos al Yate Fiesta y nos tomamos fotos con un enano cabezón disfrazado de capitán del barco. Cayó una tormenta y nos bajaron antes sin terminar el recorrido por la bahía. Ni repelamos del calorón húmedo y los gritos de Hilda y su clan.

Lo mejor fue cuando padre e hija hicieron las paces, ya bien borrachos, en una puesta del sol en Icacos. Se abrazaban, Hilda lloraba y necia repetía que se iría a vivir a Francia. Mi papá la consolaba con abrazos y halagos. "Eres muy inteligente, hija, no te desperdicies con el pendejo de Luis (el esposo de la Ida Lupino de nuestra familia)". "Ay, papá, te haré caso, no sabes cómo me he reído, pero quería disimular".

Mi padre no tenía un peso en la bolsa luego de tres días de vacaciones con sus lugartenientes Tamayo y Socorrito bien crudos, felices por ese golpe de suerte. Tardamos mil horas en llegar a la última caseta para entrar al D. F. y, ya para entonces, apenas y juntamos el pago con morralla que había en el cenicero del coche. Hilda y sus hijos regresaron aparte y pararon a comer en Tres Marías. "Es una méndiga", dijo mi padre, resentido porque no nos invitó.

Requemados de la piel, abotagados, llenos de ronchas y exhaustos, llegamos a casa por la noche. Mi madre no fue siempre con nosotros a esos paseos acapulqueños. Nunca supe por qué, pero no había mucho con qué adivinarlo.

II

Allá por 2010, fui de vacaciones a playas de Guerrero con mi pareja de aquella época, Pupi. Apodo abreviado de Pupila Fija, por su mirada amenazadora en cuanto se ponía ebria.

Llegamos a Playa Paraíso al norte de Acapulco, adelante de Barra de Coyuca. Íbamos por cuatro días y apenas teníamos dinero suficiente para viáticos. Ella trabajaba en un museo y yo era el eterno subempleado en chambas como colaborador ocasional en suplementos culturales y dictaminador de una editorial. Pese a que ya tenía algunos libros publicados, nomás no mejoraba mi economía. Mi sobrina Daría nos convenció de ir a esa playa maravillosa que ella ya había visitado en varias ocasiones con su novio.

No conocíamos. No sé por qué me dejé convencer, odio acampar y las playas de jipis. Bueno, sí sé, pero no quería decirlo: aún creía reconciliarme con Pupi mediante un viaje de segunda luna de miel a una playa dizque virgen. No sé prender fogatas, me molesta recoger leña, que no haya baños limpios, y me da miedo recibir el ataque de una manada de perros ferales, de las que suelen merodear en esos lugares.

Todas las parejas intentan algo parecido cuando ya no se aguantan entre sí. El amor se convierte en un coctel de odios. Pupi y yo teníamos seis años juntos en una tormentosa relación, entre otras cosas, por nuestros excesos frecuentes y el agobio como escritores. En todo ese tiempo no habíamos salido más lejos que del centro de la ciudad. Vivíamos en Bucareli, luego de movernos de un Infonavit en Cuemanco, en un departamento de mi propiedad, gracias a trabajar como empleadillo nueve años en un banco. Poco después, lo vendí para dar buena parte del enganche de lo que costaba nuestro nuevo domicilio a precio de remate.

Hicimos un trayecto en autobús de segunda a Acapulco, y de ahí, en la central, un taxi colectivo nos dejó a la orilla de la carretera del lado opuesto de nuestro destino. Nos acomodamos apretados con otras dos personas en la parte trasera. Íbamos seis pasajeros, más el chofer, en un Datsun guinda con blanco como distinción del sitio de taxi que representaba. Cuatro iban desmañanados como nosotros y todos apestábamos a cruda. Yo traía los nervios de punta y náuseas desde que salí de casa.

Bajaron adelante de Coyuca. Un trayecto a la Dimensión Desconocida. Íbamos abrazados de nuestras mochilas. El taxi nos dejó a la entrada de la Enramada Rubí, por una brecha de tierra en medio de un palmar, y nos indicó a señas y ruidos guturales parecidos al español: "Aiá, décho, ai lorejiben". Cruzamos la carretera para internarnos. Nos custodiaban altas palmeras tipo *L.A. Woman*, la brisa suave y tibia las contoneaba como en una danza hechizante para desaparecernos en la penumbra. No tardaría en amanecer. Llegamos a una ribera para cruzar en lo que parecía un manglar acondicionado como embarcadero detrás de la playa. Al fondo se alcanzaba a ver una enramada enorme sobre una choza, el comedor con estufa de leña y hamacas.

Nos recibió un tipo alto y gordo que guiaba al lanchero con una lámpara sorda. Se llamaba Hermenegildo, tenía pinta de rey de una tribu salvaje de las que aparece en las historietas. Al igual que los pasajeros del taxi y su chofer, el rey Herme lo único que nos preguntó fue:

—¿Vienen de México?

¿De dónde más?, pensaba yo. En todo el país le llaman a la capital "México", y con eso marcas tu suerte. Chilango, cabrón, cábula, majadero, transa, abusivo, drogadicto. Se está haciendo tarde, final de la laguna, diría el clásico, para ponerme hasta el rabo.

De momento nos instaló en una mesa de madera rectangular, enorme y coja. Seguro ahí el rey Herme comía carne de mochileros cocinados en un enorme perol a la leña.

Nos dijo que podíamos dormir en las hamacas y luego veíamos el pago. Pedí unas cervezas sin importarme la hora y en caliente, pregunté si había algo de comer y "postre". Nos encubría una oscuridad espectral, silenciosa, como si la playa estuviera deshabitada.

—Hay manglares, nutrias, cocodrilos y muchos pájaros bien bonitos —respondió—. De lo otro que usté busca, está lleno allá fuera. Orita llegan a ofrecerle, nomá tenga cuidado y no compre aquí.

No vimos nada. Todo estaba destruido desde semanas atrás por un huracán. Estábamos a mediados de julio, y el calor apendejaba aún bajo la sombra.

Más allá del mar, una rendija de luz ocre del amanecer no tardaría en aclararnos dónde habíamos llegado.

Desde muy temprano encontramos deambulando sobre la playa y alrededor de las enramadas una parvada de viciosos atendidos por sus dílers en grupitos de tres o cuatro. Había de todo, según me di cuenta en cuanto me avistaron: chiva, perico, tachas, hongos y mariguana. Éramos contados los fuereños. Los dílers nos acosaban sin disimular, apestaban a mota. Los clientes eran del lugar en su mayoría; pescadores, albañiles, vagabundos. Casi todos hombres. Algunos de ellos pedían unas monedas al que se les cruzaba. Poco después unos cuantos turistas extranjeros en pareja trataban de evadir esa sobreoferta de drogas. Compré postre y una tacha.

El drogadicto pedigüeño es insoportable; sobre todo, mentiroso y chantajista. La razón principal para romper su yugo sería no convertirse en una rémora que nadie quiere tener cerca. Quizá los adictos tienen recuerdos coloridos de un pasado lleno de miedo y pesadillas, como se describe así mismo William Burroughs en su prólogo a *Junki*. Asustados de estar solos, de la oscuridad, y asustados de ir a dormir porque viven dominados por sueños donde el horror sobrenatural, como los representa Lovecraft, está a punto de materializarse.

Pupi y yo quizá éramos los únicos aficionados. Al menos, evito volverme un tipo predecible, fastidioso e incapaz de conversar de otra cosa.

La droga solo podían venderla los dílers, a los posaderos les tenían prohibido, según nos informó el rey Herme. La ensenada estaba vacía. De pronto, por ahí apareció otra pareja. Un tipo sin playera de piel lechosa y barrigón y una chica que no se quitó su pareo y una blusa holgada. Traían tatuajes borrosos en los brazos y piernas, embadurnados de una crema espesa y blanca. Canadienses. Un manto de vapor cubría el sol radiante bajo la húmedad que atufaba en el aire limpio, el turbio mar expulsaba resaca de basura. La playa tenía rastros de la destrucción de una aldea acostumbrada a vivir de lo que las tormentas perdonan cada año. Pupi y yo nunca calculamos que era una mala temporada para que sol, arena y mar nos sirvieran de alcahuetes.

Casi no hablábamos entre nosotros, y luego de desayunar, me distraje mirando la playa en lo que vaciaba mi botella de ginebra para tomarla sola con hielo en un vaso desechable. Me dejé llevar por la vista vaporosa de mar esmeralda sin olas bajo el sol. A veces, nos mirábamos de frente y nos reíamos, como si una y otro fuéramos parte de un chistorete ya muy gastado. De pronto, yo dormitaba echado en la arena sin ganas de emborracharme. Algo me decía que había que estar alerta. Estaba claro que la amabilidad confianzuda que recibíamos era para sacar dinero a pesar de que nos detestaban como intrusos indeseables y, sobre todo, chilangos.

Podía morir de sobredosis con tanta droga barata. Los dílers, día y noche, vagabundeaban a lo largo de la playa invadida de ramas secas de palmeras y cocos que parecían cabezas decapitadas con machete.

Nos vigilaban, y a la primera oportunidad los conectes corrían hacia nosotros para ofrecer su mercancía o pedir dinero en su faceta de gente buena y pobre. A Pupi no le decían nada, solo la miraban en su traje de baño de una pieza azul celeste brillante, como diseñado por Marvel. A pesar de que me cosquilleaba por drogarme, no me atreví a comprar otra vez. La prudencia ayuda a no quedar atrapado en las exigencias de un consumo sin control. Estaría obligado a convivir con los dílers, pegados a mí como perros famélicos que esperan a que les tire algo. Entraría en su juego obligado a compartir con ellos lo que me vendieron. Mercancía cortada con laxante, talco, aspirina, bien caciqueada. Eso mata, no el producto puro.

Una tacha que apenas nos pegó. De todas maneras, por la noche, la tribu infernal rondaba en grupitos casi a gatas por nuestra casa de campaña al pie de unas hamacas. Pupi y yo nos dimos un baño de luna metidos en el mar hasta la cintura, bailamos y reíamos descontrolados por un tiempo incontable. Corrimos como si nos persiguiera la DEA a lo largo de toda la playa y de regreso caminamos como si buscáramos droga enterrada entre la arena. Entre tanto, nos robaron las sandalias y el bronceador. Yo sostenía, con una mano en el regazo, los restos de mi botella, y ya en nuestras hamacas mecidas por la brisa, una junto a otra, me agarré de la mano de Pupi para perder el amor mutuo en el cielo negro y estrellado.

Herme nos recomendó prender por las noches unas antorchas hechas con latas, estopa y diesel que él alquilaba. Así alejan los mosquitos, dijo.

Nos sentíamos como cangrejos rodeados de gaviotas.

—Dejen sus mochilas acá conmigo —recomendó la primera noche. Luego de destaparnos unas cervezas en su mesa hecha de tablas pandeadas, el Herme señaló un rincón a la entrada de su choza construida con ramas de palma y madera apolillada, junto a un refrigerador eléctrico de Coca Cola. En la puerta se recargaba un rifle. No había luz eléctrica.

—Llevamos un mes así. Dos veces al día nos traen el hielo de Coyuca. Sale caro, y a la compañía de luz no le da la gana arreglar nada. Dice que hasta que venga el ejército.

El huracán destruyó los postes y los cables —dijo. En una hielera se derretían bloques de hielo sobre los refrescos, cervezas, pescado y pollo crudo en bolsas de plástico. Goteaba de una esquina sobre la arena llena de corcholatas y tapones de plástico de refresco.

Desde nuestro lugar iluminado por velas veíamos cruzar la playa con la luna al fondo, a los carroñeros espectrales que iban y venían por la playa a paso lento y a trote. Era como un relato de Rafael Bernal en un picadero tropical al aire libre.

Al tercer día huimos muy temprano en la mañana; estaba desembarcando un grupo de excursionistas universitarios. Diez autobuses llenos. Su odioso ambiente dizque buena onda y fascistoide. Levantamos nuestro campamento y saldamos la deuda con el rey Herme. "Por qué se van, se va a poner bueno con los muchachos que llegaron, mucha fiesta".

Caminamos a la carretera para esperar un taxi colectivo hacia Acapulco en busca de alguna playa solitaria, si eso era posible, y donde por lo menos hubiera un Oxxo cerca. A Pupi le propuse buscar unos bungalós que yo conocía de niño en Pie de la Cuesta. Se nos estaba haciendo tarde al final de la laguna otra vez. Desde la playa oímos el *¡GOYA, GOYA!* a todo grito. Jóvenes amanecidos bajo los efectos de la mota y galones de caguama. Por su raza gritarán el desempleo y su narcofuturo.

Tomamos un camión de ruta lleno de paisanos. Olía a fruta y sudor acedos que se llevaba el aironazo por las ventanas abiertas. Nos apeamos a la entrada de Pie de la Cuesta. Luego de caminar un rato por la calle principal encontramos de casualidad los "Bungalows María Cristina, seriedad y limpieza". Y ahí fuimos en busca del reencuentro. Pupi venía en silencio con su mirada dura, implacable. Apenas hablaba y fingía distraerse con el paisaje.

No son de fiar esas personas que ocultan su estado de humor. Su silencio agresivo y desgano me crispa. De pronto, Pupi esbozaba una sonrisilla de lado, maliciosa. Y, muy pronto, la bebida la volvería virulenta e impredecible. Una especie de quimera. Todo lo que ella no podía ser la convertía en rencor. Tres o cuatro copas. Ella sabía que me amilanaba. Su contraparte era amorosa hasta el empalago. No toleraba que yo tuviera atenciones con nadie más. Sus peores enemigos: las mujeres cercanas. Si consumía alguna droga, se transformaba en una doctora Jeckyll de esmirriado cuerpecillo de bailarina. Después de todos esos años juntos, Pupi se convirtió en mi brida para ser yo mismo. Me convertí un pusilánime doble ante la bebida y ante Pupi, obligado a cuidarme de sus desplantes sin valor de romper con ella. El éxito: un veneno cuando no sabes lo que es. Estaba obsesionada en brillar como escritora con una imagen de "maldita", es decir, con mala copa crónica. Lo que yo me creía pero sin mi aguante. Ambos luchábamos a brazo partido por ganar un lugar más allá de la sobrepoblada medianía de literatos. Pupi escribía infatigable, sin desatender por las mañanas sus ensayos matutinos de danza contemporánea antes de trabajar en un museo y con su perdición espiritual. Se pulió con resentimientos y conflictos destructivos heredados de su historia familiar. Padres burócratas de medio pelo con licenciatura. Se odiaban entre sí y era costumbre que don Cachirulo le llamara a su hija a cualquier hora para acusar a su verduga de ambos. El marido se encerraba durante horas en un baño de su casa para huir de la esposa que lo perseguía para acuchillarlo.

Me sequé anímicamente. Nunca podía relajarme, era un custodio sin autoridad. Llevaba cuatro años sin escribir nada serio. Perdía el tiempo frente a mi computadora sin escribir nada. A la primera oportunidad salía a reuniones fuera de casa, de vez en cuando obtenía ingresos por chambas ocasionales y mal pagadas. Me engañaba en escribir algo que nunca salía de la impresora de mi escritorio. No dormía, aterrado. Pupi era sonámbula. Una noche, me quedé sentado en el sofá a punto del llanto luego de reñir con ella. Se había ido a su estudio y dejó la puerta abierta. Al rato se quedó dormida despatarrada en su silla de escritorio con una copa de vino rota en la mano y no había manera de llevarla a la cama; aún como estaba, se resistía con una fuerza física descomunal. Luego de forcejear inútilmente, regresé a la mesa del comedor a terminar una copa de vino antes de irme a llorar arrebujado en la cama como un niño. En eso sentí una presencia. Era Pupi, al pie de la cama sostenía en la mano derecha un cuchillo cebollero y me miraba con una mueca burlona. Me di cuenta de que estaba inconsciente. Cauteloso, le quité delicadamente el cuchillo, lo llevé a la cocina y lo escondí en un cajón. Luego fui por Pupi para meterla en la cama a paso de ciegos. Se desnudó en un instante y me cogió furiosamente, montándome encima, antes de caer dormida, como en un desmayo. Por la mañana se bañó y arregló sin desayunar antes de ir a trabajar. Fue a buscarme a la cama y me dijo, con desdén, que no recordaba nada sobre la noche anterior.

Igual y me deja por un lanchero; ojalá, pensé echado sobre una toalla con el sol en lo alto. Lucía Berlin tiene un relato maravilloso con un pescador en una playa mexicana cercana a donde estamos ahora. Sus historias sugieren en todo momento erotismo y tragedia como redención femenina ante un universo machista de toxicómanos.

Podría ahogarse en la cuenca del mar; después de todo, mi coartada sería que no sé nadar y no pude rescatarla. Yo dormía la mona cuando Pupi se metió al mar y la arrastró una corriente. ¿Ya buscaste en las veredas más allá?, son hermosas, rodeadas de palmeras y árboles de papaya. Podría seguirte a cierta distancia, cuidándome de que no me vea ir tras de ti el rey Herme, su mujer o los drogos, y machacarte la cabeza con un coco. Antes, ella caminaría kilómetros entre sendas que desembocan al mar o a la carretera. Pupi, ebria, se dejaría llevar a tumbos hipnotizada por el suave oleaje bajo un clima ideal donde, en el cielo, vuelan toda clase de aves. Ahí no hay nadie, está deshabitado y de pronto apesta a animal muerto. Nadie se imaginaría que eres tú. La dejaría ahí entre las hierbas, y esperar a que el calor y la humedad aceleren la putrefacción. Las aves carroñeras harían el resto. Podrían culpar a los menesterosos de la playa. Luego, regreso directamente ahí, rodeando la choza para no cruzar frente a Herme y su familia. Desde su cocina con estufa de leña, su mujer, Yolita, no pierde detalle de todo lo que pasa alrededor. Desde mi lugar, sentado en la playa, pediría una cerveza, y cuando me la lleve bien helada Herme, siempre con su destapador listo para abrir botellas, le pregunto si no te ha visto. Su mujer andaba aquí, se metió a nadar y luego fue a caminar, pero luego no la vimos. Herme suda bajo la camisa desabotonada que deja ver una cicatriz enorme a un costado de la barrigota. Yo iría a buscarte en todas partes menos en donde te dejé.

Al otro día por la tarde, pondría en aviso a los lugareños de tu desaparición. Para entonces ya tendría el semblante de desesperado, pero en realidad sería de miedo a que descubran lo que hice contigo.

El tímido oleaje parecía exhausto luego de azotarse contra la playa durante diez días, destrozando el Paraíso.

Pupi solía ponerse impertinente, como en un juego siniestro entre ambos para exhibirme, incluso frente a sus padres y nuestros amigos, como pusilánime o, en el mejor de los casos, como un fracasado. La pasión amorosa pronto se convierte en un lento veneno a los amantes. Entre nosotros no había verdades a medias, nos dábamos con todo, a matar con la estocada, sin conseguirlo. Nuestro amor latía moribundo en lo profundo de nuestros odios. Durante mucho tiempo, creí firmemente que la libertad que pactamos era la mayor prueba de sinceridad y confianza, de quitarse ataduras por celos y desvaríos emocionales. Pura mierda con la que me enfermé de indolencia por cuidar lo que amo, limitando el abuso, la deslealtad y el sadismo sobre quien cede. El pisoteado camino por donde viajan juntos, chacoteando, el amor y el odio. Lo viví en todo su kilometraje de ida y vuelta en muchos recorridos de pareja.

Ambos nos restregábamos al otro nuestras soledades para hacernos daño transformados en demonios. Finalmente, nos separamos años después en una noche de violenta borrachera en casa.

Me aplastó el pasado como una ola enorme, pero esta vez sin coqueteos de por medio, míos o de Pupi. Los anfitriones del Maria Cristina, Enrique y su esposa, que daban nombre al hospedaje, fueron serviciales e incluso nos invitaron a ver en su bungaló algunos de los partidos del Mundial. Los mismos bungalós a los que en mi niñez nos había metido Rosa María a Eduardo, Lucía y a mí.

El lugar de los anfitriones estaba a la entrada del hospedaje. Les invité cerveza y cubas de Bacardí que ellos me vendían. Yo tomaba Smirnoff en las rocas con mucho hielo y agua mineral en un vaso de vidrio gordo y grande. Pupi, lo mismo; con dos ya andaba exultante, sonriente metida en el mar abierto. En algún momento, le comenté que era un lugar de mi infancia y respondió que mi pasado le aburría.

Nos recomendaron no salir de noche a caminar por la playa. Asaltan, matan y hay secuestros masivos. Ya en aquel entonces Acapulco estaba controlado por el narcotráfico. Enrique nos dijo que, semanas antes durante la madrugada, la marea trajo unas cabezas humanas y de cerdo. Llegó el ejército, arrasó con cateos en los negocios sobre la playa y unas calles mar adentro. Después llegó un comando con chalecos blindados y armas de alto poder. Lo mismo: saqueo, ejecuciones sumarias. Zona de guerra y gente atemorizada forzada a guardar silencio.

La salida a la playa oscura y desierta por la noche estaba cercada con una malla de metal para evitar asaltos. Una lámpara potente, a lo alto de un tubo en la entrada a la playa, permanecía prendida toda la noche. No era recomendable comprar a la procesión de vendedores playeros. No hable con nadie, cuide su mochila. Aquí les vendemos lo que necesiten, menos droga, a buen precio, nos ofrecía el matrimonio. Extorsionaban a todos por ahí, pero en una ocasión los administradores del María Cristina hablaron con un sujeto sin playera y con chaleco blindado que llegó una mañana en camionetas con un grupo de sicarios preguntando quién les pedía dinero. Nos dio mucho miedo y dijimos que no sabíamos quién era, venía bien armado. Pero todo tranquilo. Si les respondes, es que sabes su nombre y mejor te matan por soplón. Nos la jugamos. Era un tal Chiquilín, a la semana lo encontraron ajusticiado y con las manos mutiladas en una barriada de Acapulco. Se acabó la extorsión, y poco después llegó a los bungalós el jefe en una camioneta de lujo, acompañado de otro tipo, y les dijo que, si llegaran sus muchachos a pedir hospedaje y comida, no les cobraran.

Mientras veíamos por la tele un partido, discretamente, ya achispado, me atreví, como si cualquier cosilla, a preguntarle al señor si podría conseguir un poco de postre. Me dijo que sí, pero bajo mi riesgo. "Yo le digo dónde vaya, es seguro. Aquí nunca se sabe, no hay que fiarse", dijo con gesto de valuador de mercancías de dudosa procedencia. No insistí, y el resto de la estancia me quedé con la duda de si debía hacerlo. Por su parte, el administrador nunca me dijo dónde estaba el punto de venta.

Por la noche, fuimos a cenar a un restaurante cercano. Llegamos por la calle. Había antorchas como iluminación, y solo el mostrador del bar estaba alumbrado con focos de colores y arriba de la caja de cobro con una lámpara de escritorio muy potente. Al lado, servían los tragos. Pedimos negronis y una fuente de camarones dizque gigantes para comer con mayonesa casera. Estaban insípidos y refrigerados, probablemente desde que Johnny Weissmüller gritaba desde el mirador del Flamingos. Le pregunté abiertamente al mesero si podría conseguir un poco de postre. Me dijo que sí, que de cuál. "Solo tenemos flan y nieve de vainilla". Se estaba haciendo pendejo. Perico, postre, cois, ñañaña, farlopa, polvorón, apretón de tuercas, nena, el papel, la bolsita, la bruja blanca, la caspa del diablo, la matraca, la grapa, el fifí, el pase y no a la red, la porquería.

—Uy, no sé si se pueda, anda escaso, déjeme ver —dijo y se fue a atender otras mesas.

Un rato después, ya con tres negronis y un par cervezas cada quien, entre pecho y espalda, regresó el mesero y me dijo con voz discreta:

—Amigo, hay un poco de hierba, ¿la quiere?

A mí no me gusta, pero caí en una situación donde, si pides, te llevas lo que haya. Que no se diga que uno es un fantoche.

—¿A cómo está?

—De a doscientos, pero no sé cuánto sea.

—Traétela y checa bien si conseguimos algo de lo otro —dije mientras sacaba mi cartera. Le di el dinero al mesero y regresó de inmediato. Me dio una bolsita miserable, a la mitad de una bolsita gramera. Se la pase a Pupi, con su cara de Bette Davis en *¿Qué pasó con Baby Jean?*, cantando *I've Written a Letter to Daddy*. La guardó en su morralito y se me quedó viendo con su ya consabida mirada de Pupi. Próxima parada: Playa Descontrol. Como suele pasar con una ebriedad indiferente a las emociones de los demás, había iniciado su viaje por el túnel oscuro donde saldría a ciegas. Uno se vuelve empalagoso o majadero; rara vez, ambas. Pupi las aplicaba como cualidades, por decirlo de algún modo.

El resto de la estancia en la Maria Cristina la pasé echado en una tumbona frente al mar, acompañado de don Smirnoff con hielos y agua mineral en un vaso desechable. Volví a sentirme el niño regañado en unas vacaciones por su hermana mayor, mientras conseguíamos alojamiento con mis otros dos hermanos, Lucía y Eduardo, aquí mismo. Nos divertimos los tres, pese a que Rosa María apenas y nos dio respiro. Soy aquel niño de primaria castigado por mis maestras a manazos y con regaños humillantes por hocicón frente a los demás alumnos. No se han ido mi resentimiento y la vergüenza.

Otra mujer ha tomado ese lugar de mis mentoras y las invoca del pasado. Empecé a imaginar que en cualquier momento saldrían por mí entre el oleaje furioso donde flotan cabezas decapitadas, como un cardumen mirando de frente a la playa bañada por el atardecer esplendoroso de un intenso anaranjado.

¿Y Pupi? Por allá, lejos, en mi aquí y ahora, parece una plañidera caminando detrás de unos jinetes del apocalipsis playero, cabalgando rocines famélicos y asoleados.

Yo, tumbado de frente al sol, absorto en esa tonalidad platinada y esmeralda del mar abierto bajo un sol crepuscular sin nubes que lo estorbe.

III

Acapulco es populachero y elitista, tracalero, chacotero, servil, libidinoso, convenenciero, cruel y asesino. Su libertinaje cosmopolita esconde una *mátrix* turística agotada. Al puerto lo devoró la corrupción gubernamental, cómplice de la delincuencia organizada. Su ocaso comenzó allá por 1983 con una reforma jurídica que fortaleció a la autoridad municipal y le quitó la vigilancia y el orden a la Marina. Con eso, aumentaron los precios, la delincuencia, los abusos en los servicios y una economía subterránea que controla todo. Huye el turismo extranjero y se aposenta el nacional, mayormente de Ciudad de México. Otra barriada chilanga a la altura del mar. La Huerta, la famosa zona roja bardeada, con control sanitario y seguridad, pierde su prestigio de la noche profunda y se convierte en avispero delincuencial.

La historia de Acapulco se desenvuelve bajo un pacto mafioso entre los poderes políticos, empresariales y la aristocracia internacional. El Acapulco que tengo frente a mí, en esta celebración de mi cumpleaños, soy yo: el reflejo de una cultura capitalina en buena medida depredadora. El puerto está feo, descuidado y peligroso. Como la ciudad de donde vengo

Redescubro bajo la resaca lo que queda de una hermosa bahía con un dejo de malignidad y decadente abdicación. Como corresponde a los vacacionistas que llenamos las playas. El pudor lo dicta nuestro presupuesto.

Caminamos sobre la costera de regreso al Flamingos. La urbanización está saturada para alojar celebridades en hoteles y mansiones exclusivos, inexpugnables al populacho. Por todas partes, aparece la desigualdad y la pobreza a todos niveles, que el turista acepta y aprovecha como metástasis. Orson Wells, Elvis —que nunca estuvo en Acapulco—; Tintansón Cruzoe, el apellido Corcuera de la *miss* Argentina 1964; los concursos de Señorita México, y el maratónico programa de variedades y propaganda política de los años setenta y ochenta, *Siempre en domingo*. Casi treinta años de transmisiones. Raúl Velasco, conductor y vocero del gobierno, secretario de Turismo extraoficial.

Las clases medias, sobre todo la chilanga, se las dan de campechanas y se retratan a sí mismas como el eje de la identidad mexicana, con su mitología de gente bien e interesante que tolera a los nacos. En *Casi el paraíso*, Luis Spota retrata con agudeza el complejo de inferioridad del mexicano colonizado ante el extranjero de piel blanca. La novela reúne idiosincrasia y racismo. El casi el paraíso mexicano aparece como obsesión freudiana en la narrativa mexicana a lo largo de su historia. Su anecdotario se regodea con una clase media aspiracionista y, si acaso, con el dinero que ostentan los millonarios y los abusivos privilegios del poder. Una literatura que se desentendió de la guerrilla en Guerrero, masacrada, y a su líder, Lucío Cabañas, ejecutado y quemado frente a su familia. Solo Ricardo Garibay y José Agustín bucean en aguas profundas. Lo demás son chapoteos en paquete todo incluido con ficción tumbona.

Ni el priismo ni sus cómplices empresarios evitaron que, desde su surgimiento, Acapulco fuera condenado a morir como un viejo libertino que derrochó su fortuna en fiestas. Los mentados "poderes fácticos" suenan a una logia de barrigones en guayabera y enmascarados que, desde un enorme salón iluminado con antorchas portadas por ellos, deciden arruinar al país. La alianza entre esos poderes y la clase política es más destructiva que cualquier huracán.

Del esplendor de Acapulco me quedo con sus atardeceres desde el mirador de la alberca del Flamingos. En su construcción estuvieron detrás los estudios de cine United Artists, que ya lo habían hecho con el Hotel Roosevelt. Poco después, el Flamingos se convertiría en centro de operaciones para la élite hollywoodense.

El administrador malencarado nos atiende detrás del mostrador de la recepción amueblada como hace casi ochenta años atrás. Apenas nos registramos en lo que parecía un asilo, Bere y yo dejamos el equipaje en una *suite* modesta con balcón panorámico y hamaca.

La punta del acantilado de 137 metros de altura, donde se construyó el vetusto hotel, es una postal *vintage* a todo color. Esa altura es la doble de la Quebrada, y desde mi balcón se ve el océano Pacífico, la isla de Roqueta, Pie de la Cuesta y la Barra de Coyuca. A lo lejos, el mar de un verde mohoso amenaza con hundir a unos yates anclados en los pequeños riscos frente al mirador del hotel. El vaivén del potente oleaje trae un aroma de aire salitroso podrido.

Allá por Pie de la Cuesta, en los años setenta del siglo XX, despegaban de una base militar los aviones del ejército, cargados de decenas de activistas guerrilleros, jóvenes en su mayoría, envainados, agonizando o muertos en bolsas forenses negras, luego de torturarlos para tirarlos desde las alturas y desaparecerlos a miles de millas mar adentro. La Guerra Sucia en Acapulco detrás de *Siempre en domingo* como promotor del *México, magia y encuentro*.

El cielo azul con un grueso manto de nubes blancas algodonosas al horizonte, que a mediodía de mi ebriedad las veía danzar como odaliscas, advirtiéndome de las tormentas que nos mantendrían encerrados en el hotel. Furiosas e insomnes nos prohibirían explorar la noche profunda del puerto.

La idea del Acapulco lujoso estaba muy lejos de mi realidad. De pronto, comencé a sentir dolor de cabeza y zumbido de oídos. Un malestar corporal tenue, manejable gracias a la ginebra, me hacía sentir aletargado e irritable. Comencé a renegar al vacío, a las decenas de *yoes* inconformes siempre. Nunca hay nada que me mantenga tranquilo por mucho tiempo. Soy paranoico, el estado mental diagnosticado al habitante de este país descontrolado por la delincuencia y las brechas sociales enormes.

Sin yo saberlo, vendría meses después la destrucción total de lo que quedaba de la aparente grandeza del puerto. Bajo el estado de emergencia tardío, morirán ahogadas por un huracán las noches salvajes de una costera efervescente y su promiscuidad de la sociedad mexicana y del mundo. Los testimonios periodísticos de color posteriores se convertirían en atractivo de nota roja.

Ni cerca del *Hollywood Babylon*, un libro de farándula escandalosa convertido en un clásico. Cubre la primera mitad del siglo XX. Escrito por el cineasta gay Keneth Anger, se publicó por primera vez en 1965, fue censurado y polemizado por su cuestionable veracidad. Con menos brillo, ahí estaría *Full Service,* de 2012, por Scotty Bowers y Lionel Friedberg, también gays. Bowers era proxeneta del ambiente hollywoodense.

Nadie en México se acerca a la gran crónica de *Acapulco*, de Ricardo Garibay, publicada en 1979 y hoy casi olvidada. El periodismo literario posterior a Otis lamenta la destrucción de la costera y sus discotecas lujosas más que el tejido social de una población obligada a malvivir del abuso y el carroñeo que Emilio Portes Gil fraguara y que Miguel Alemán consumó. En 1945, Alemán organizó conferencias y reuniones de trabajo para complacer a los inversionistas mexicanos y extranjeros. Poco o nada sobre el narcotrafico histórico que ya había acabado con las ilusiones y tranquilidad de cientos de miles de acapulqueños despojados de sus tierras ejidales que pauperizaron los cerros.

Al mediodía siguiente de nuestra llegada, invité dos rondas de cocos locos con ginebra Larios en cuanto nos echamos en las tumbonas alrededor de la alberca. Traíamos sed de evadirnos. Una pareja de escritores con obra publicada, premiados; Bere, una tenaz ejecutiva bancaria, egresada de la facultad de Filosofía; dos periodistas especializados en RP, y yo. Entre todos apenas cubríamos nuestros gastos.

El mesero nos dijo que ya no había ginebra. Pregunté si podría comprar una botella en el Oxxo cercano al hotel.

Nos trajo a su hijo como mandadero, un adolescente y flaco muy parecido al padre. Hicimos el encargo y dos horas después el chamaco regresó con el pedido. Le dimos una generosa propina y le pregunté si podríamos contar con él. Dijo que sí, pero ya no lo volvimos a ver, y el mesero nos evitaba desde entonces. Pedimos los tragos siguientes en la barra. Hubo un momento en que yo ya no lo hice, ofuscado por mi ebriedad.

Al puerto bajaban de los cerros las recuas guiadas por negros libertos veracruzanos e indios yopis. Las mulas iban cargadas en cofres enormes de pesos con plata traída de Taxco, de la Ciudad de México, y otros pueblos mineros, para pagar mercancía de China y cantidades modestas de opio oculto entre sedas finas, té, porcelana y otros objetos exóticos en baúles venidos en naos de Filipinas. Durante el siglo XIX, Londres se convirtió en el banquero del mundo y los pesos mexicanos de plata llegaban a Asia a través de este centro financiero. Esos "carolus", la moneda mexicana, llegaban a las arcas de China, vía Cantón, antes de enriquecer a Inglaterra por venderle cantidades enormes de opio producido en la India. China tenía un alto nivel de adicción entre su pueblo. Se le llamaba "hambre de plata", aludiendo al tipo de cambio. Aquellas recuas regresaban a poblados y ciudades distantes para servir a los gobernantes y sus privilegiados durante el virreinato y, luego, en el México independiente. Una pequeña parte del opio traficado ilegalmente en las naos se quedaba en el puerto y era distribuido por los pescadores, las prostitutas traídas de Taxco, los expendios de aguardientes, y en la capital de la Nueva España, por algunos intermediarios de venta de mercancías. Los chinos enseñaron a los nativos a sembrar la adormidera. De pronto, en el puerto, se oían idiomas extraños: tagalo, chino, hindi, inglés, español de Ecuador y Perú, árabe y romaní. Fueron poco más de 150 años. Por la bahía, de pronto vagaban solitarios elefantes, abandonados por circos itinerantes en su ruta mar adentro. Los paquidermos desaparecían por la misma ruta y su suerte se adivinaba a lo lejos por el vuelo circular de los zopilotes. Duraba cuatro meses, una travesía en barco desde el puerto de salida y otros cuatro de regreso. Este tráfico mundial se convirtió en un largo sueño narcótico bajo la semipenumbra global de las velas en salones palaciegos, tugurios, patios, callejones y bodegas. Durmió el sometimiento y la rebelión de millones de esclavos.

Nos trataban como a la pandilla de Hollywood, pero salida de una barriada de la Ciudad de México. Pasamos todo el día en las tumbonas. Yo había dado una vuelta por el hotel y nunca vi en mi habitación o en los alrededores el famoso mobiliario diseñado por Michael van Beuren en 1937. A lo mejor quedaba algo en el antiguo bungaló de Johnny Weissmüller, rentado todo el año. En el horizonte comenzaban a formarse gruesas nubes grises. De pronto, bajo la enramada, al lado de la alberca habilitada como bar con mesas, sillas y barra, asomaron entre la maleza la cabeza de ocho tejones hambrientos. Apoyaban las patitas delanteras en la bardita de cemento que separaba el solario de la maleza. El mesero nos advirtió no dejar comida porque los gordinflones mamíferos acabarían con todo. Solían merodear por el hotel, sobre todo durante la noche. De todos modos, les arrojamos algo de comida. Nos parecemos: malhumorados, atascados y mañosos.

Desde el mirador de la alberca, la hermosa bahía, la isla de la Roqueta a lo lejos y el oleaje bronco que golpea los riscos; me he convertido en un vejete maldiciente. Los tejones van en manada, en eso me he vuelto, y oigo divertido, a mis espaldas, a Porfirio. Él madura y yo envejezco. Le llevo veinte años y una larga amistad unida por el futbol, la borrachera y el periodismo. Sostiene que hace más daño una cocacola que tres *gin-tonics*. Para reforzar su postura sale de la alberca con el traje de baño a medias, descubriendo sus nalguitas paliduchas y se prepara un buen trago con mucho hielo. Ahora lo veo tumbado, disfrutando su bebida y la adormecedora temperatura tibia aún bañada de sol. A su lado, Carmen, su esposa, se ríe a solas mientras revisa las redes sociales en su teléfono.

Aníbal anda por ahí, camina por los miradores del hotel a un lado de Marta, ambos con un trago en la mano. Parecen inquietos. Quizá sienten la presencia espectral de Johnny Weissmüller cargando su chimpancé Morgan poco antes de que este muriera de salmonelosis. En una de sus largas estancias a finales de los cincuentas, antes de residir definitivamente en Acapulco, Johnny fue sorprendido en su bungaló por la presencia de un jovenzuelo chaparro y mirada turbia, pelo muy negro cortado a casquete, flaco y hambriento. Había burlado la vigilancia del hotel y fue a tocar directamente a la puerta del actor retirado. Johnny no estaba y el intruso se sentó a esperarlo en una de las dos tumbonas de madera que custodiaban la entrada frente al mar.

Johnny lo encontró fumando un cigarro y el jovenzuelo se paró de inmediato para saludarlo de mano sin presentarse.

—Hola, me llamo Charles, Charles Manson. Vine de Los Ángeles para conocerte en persona. Soy americano, como tú. He visto todas tus películas. Yo también puedo cambiar el mundo como tú lo hiciste, amigo. Mi universo es paralelo al tuyo y no lo sabes, pero yo sí entiendo al tuyo, jajajajajajaja.

Detrás de esa carcajada desafiante, el muchacho con facha de pordiosero tenía un cierto encanto embaucador tras una mueca de humildad fingida. Si se sentía ofendido o acorralado, perdía los estribos. Todo lo contrario del exactor que, afable, lo invitó a entrar al amplio bungaló amueblado sin lujos.

—Aquí vivo con mi esposa, es nuestro refugio —dijo un tanto para justificarse al abrir la puerta. Estaba deprimido, entre otras razones, por la muerte reciente de su mascota, un chimpancé.

—Antes hacías muchas fiestitas, ¿verdad? —dijo el intruso sin dejar de sonreír con mirada desafiante—. ¿Ya no actúas?, ¿por qué?, aún eres bien parecido y muy famoso.

—Eso terminó —respondió tajante el otro. Mostraba el amplio torso bajo la camisa de lino desabotonada de un hombre de mediana edad aún en buena forma.

—No te pongas triste. Tienes un hermoso lugar y buenos amigos de Hollywood, ¿*right? A bunch of pussy, man, I love'em.* Muchos coñitos, me encantan.

Disimulaba con desenvoltura su tono mordaz, podía ser cautivador. Revisaba la casa redonda como si fuera a comprarla. Vestía guayabera, bermuda de mezclilla deslavada, chanclas de cuero viejas y, en un morralito folclórico, traía unos lentes de sol, con el izquierdo estrellado, una guía de mapas de carreteras de México, una bolsita de papel con mariguana, hongos alucinógenos y sábanas para forjar, pastillas para las agruras, cerillos y una cajetilla de cigarros Alas. No tenía pasaporte. Apestaba a sudor y aún padecía *flashbacks* de resaca por la morfina que compró con unos gringos pensionados que vivían en un hotelucho cerca del centro. Traía desorientación, resequedad en la boca y mareo. Las yemas de los dedos de la mano derecha estaban amarillentas por el tabaco.

—Toma un trago si gustas, yo tengo que bañarme y dormir un poco, estoy cansado. No tarda en llegar mi mujer, y no estás invitado.

Con amabilidad cortante, Weissmüller solía correr a visitantes indeseables.

En cuanto se encerró en el baño, el intruso fue a la cantina y llenó un vaso *Old Fashion* con vodka. Se lo tomó de un trago. Oculta bajo la camisa, traía en la parte trasera de la cintura de su pantalón una pistola .357 Magnum. La había conseguido en Tijuana. Dejó el vaso en la barra y se puso a esculcar, cauteloso, en los cajones de dos credenzas y del escritorio frente a la ventana con vistas al mar. Al fondo del cajón del escritorio encontró billetes doblados a la mitad, aprisionados con una pinza metálica. Cien dólares y cien pesos de baja denominación. Guardó la billetera en una de las bolsas delanteras de la bermuda y gritó:

—Me daré un chapuzón, me gustaría quedarme un rato aquí.

Salió de ahí sin cerrar la puerta. Caminó de prisa por un corredor que conducía a la alberca. En cuanto llegó, se quitó en la orilla los huaraches con cuidado de ocultar el arma, envolviéndola en la guayabera dentro del morral. Se quedó en bermudas antes de tirarse al agua.

Weissmüller ya no apareció. Sin secarse, se quedó dormido en la cama para bajar la borrachera. Manson chapoteaba, solo disfrutando del sol vespertino como otro visitante del hotel.

De pronto llegó el administrador con un vigilante que blandía una macana.

—Perdone, ¿quién le permitió estar aquí? —dijo aquel en inglés.

—Tu patrón —respondió cortante el intruso. Señaló a la casa redonda enclavada en la punta del acantilado.

—Eso no puede ser, el señor nos avisa cuando va a recibir visitas y se tienen que registrar en la recepción. Por favor, salga de la alberca.

Era extraño que no hubiera huéspedes alrededor, ni oírse su guasanga en el bar, cerca de ahí.

Manson ignoró la órden y se puso a nadar de lado a lado de la alberca.

—Voy a llamar a la policía —amenazó el administrador mientras ordenaba con una seña de mano al guardia tomar el morral.

El propietario gritó furioso:

—*Drop it there, asshole! I kill you! I'm leavin'.* ¡Deja ahí, pendejo! Te voy a matar, ya me voy.

Cuando vio al vigilante decidido a usar la macana, salió de la alberca cerca de los otros con intención de salpicarlos. Extrajo la camisa y los huaraches para vestirse antes de colgarse el morral al hombro cruzando la correa por el pecho. Luego fue hacia la salida del hotel pateando tumbonas y sillas. A su paso, amenazaba a los empleados. A prudente distancia lo siguieron para asegurarse que dejaba el hotel. Al pasar por la recepción frente la escalera a la salida, el fodongo sacó discretamente su arma del morral y, por un momento, pensó en dispararle a esos *monkeys*. Pero ese atardecer esplendoroso lo hizo sentirse afortunado, despejó su mente para no dejar rastro en su huida inminente, ahora rumbo a la capital de México.

Había llegado a Acapulco antes de estar en el D. F. Traía algunos dólares en la bolsa. Viajó en aventón desde Los Ángeles, hizo escala en Tijuana y Mazatlán. De ahí siguió en autobús hasta la capital mexicana. Sin proponérselo, se comportaba como un remedo de *beat* que amaba la carretera, pero evitando pedir aventón. Como ellos, despreciaba las convenciones con una actitud desafiante.

El viaje fue largo y extenuante bajo la aridez y el calor del norte mexicano. Un conocido suyo lo llevó en coche hasta la frontera y le abrió los ojos sobre las maravillas alucinógenas que lo esperaban al sur. En el desierto descubrió que ahí, pero en California, fundaría un culto de seguidores suyos. Deliraba en iniciar una guerra racial que llamaría Helter Skelter. Confusión, desorden, caos, muerte y destrucción. Se sumergió en la ruta del peyote, los hongos, enormes carrujos de maravillosa mariguana *golden*, mezcal y tequila. Tuvo regresiones infantiles que reforzaron su patología necrófila y racista, se convenció de que los indios que lo habían acompañado como chamanes en sus viajes alucinógenos eran sus enemigos. El opio lo sumió en pesadillas que lo acosaban en la vigilia, pasó noches a la intemperie en callejones y plazas alerta al rechazo que provocaba. La comunidad de gringos sospechaba que era agente de la CIA. Su labia persuasiva y astuta disipaba sospechas y acercamientos indeseados.

En su único viaje a México, siguió la ruta de cientos de gringos veteranos de guerra y jubilados. Era uno más entre tantos otros menesterosos que emigraban en busca de sexo y drogas a bajo precio en el país más surrealista del mundo, según había definido a México André Breton décadas atrás durante su visita. Les enamoraba el exotismo sórdido de las costumbres. Cuando Manson llegó al D. F., ya habían pasado largas estancias una legión de *beats*, sobre todo Burroughs y Kerouac, que para entonces aún seguían en la capital atribulados por su futuro como escritores.

Manson tenía un grueso expediente delincuencial. Era un fugitivo como Dick Hickock y Perry Smith, asesinos *a sangre fría* de la familia Clutter, habitante del pueblo de Holcomb, Kansas. En 1959, la pareja huiría a Acapulco, como otros gringos lumpen de alta peligrosidad que veían México como un santuario de proscritos. Era un tratado binacional histórico. En México no se investiga. En México tenemos amnistía. Puedes ser asesino y pasar inadvertido. México es violento y la ley su comparsa. La corrupción es la divisa.

Había pasado la mitad de su vida en instituciones correccionales por una variedad de delitos. A los treinta y cinco años se convertiría en una celebridad mediática e ícono pop por inducir a su "familia" al asesinato, en Los Ángeles, de siete personas indefensas, entre ellas una joven actriz de Hollywood.

Llevaba medio año en Acapulco y pasaría después algunos días en el D. F. Casi no hablaba español ni le interesaba aprenderlo. Sabía lo básico para moverse. Entendió de inmediato que los mexicanos estaban acomplejados y le facilitaban todo a los gringos. La mayoría de gringos que conoció en

México vivían como parias, jodidos por la adicción al opio y a la morfina contraída como soldados.

Se involucró con un porteño que le propuso robar la mansión de un millonario francés. El socio había trabajado como jardinero ahí. El acuerdo era que Manson se encargaría de cuidarle las espaldas. Un matrimonio de conserjes vivía en la parte trasera de la mansión en un cuartucho. No había perros.

Sería rápido, ambos conocían su oficio. El acapulqueño sabía dónde guardaban los valores. Aprovecharon que el sayo pasaba todas las noches divirtiéndose en centros nocturnos exclusivos. Entraron brincando la barda del frente, la puerta de la casa no tenía llave.

El jefe subió de inmediato a las habitaciones de la planta alta y minutos después bajó con una funda de almohada rellena a la mitad con alhajas, dinero en efectivo y objetos valiosos. A la salida, les salió uno de los conserjes en el jardín cochera. El gringo sin dudarlo mató al hombre de un balazo en el pecho.

Su primer robo a mano armada fue a los trece años en una tienda de alimentos. Después fue encerrado en un reformatorio del que escapó a los cuatro días junto a otro muchacho. En el camino, con un amigo cometieron otros dos delitos a mano armada. Pocos años después, tras una serie de arrestos y fugas, el primero fue enviado a prisión por conducir un vehículo robado. Fue transferido a otra prisión y liberado en 1954 por buen comportamiento. Con veinte años de edad, se casó con Rosalie Jean Willis, una enfermera de diecisiete años. Con ella tendría su primer hijo. Dos años después los abandonaría. Había pasado la mayor parte de su vida en reformatorios y prisiones, principalmente por robo de vehículos y fraude. También fue acusado de proxenetismo.

Lo arrestaron en 1961 por falsificación de cheques. Poco tiempo después, ya divorciado de su primera mujer, se casó con la prostituta Candy Stevens. De ese matrimonio nació Charles Luther Manson, su segundo hijo, desaparecido.

Violó la libertad condicional decenas de veces. Uno de sus supervisores, Roger Smith, no solo le permitía abandonar el estado de California, sino que además enviaba informes al juez sobre la buena actitud del exconvicto. Llegó a México a los veintitrés años. Casi nada y conjeturas se supieron de su paso.

Huyeron escondidos en la noche profunda a punto de caer una tormenta. La idea era repartirse el botín en la Playa Icacos, luego cada quien tomaría su camino sin saber del otro nunca más. En la playa solitaria y estruendosa por el fuerte oleaje, comenzaron a discutir por repartirse el botín. No se entendían nada, y el costeño no sabía que al momento de robar en la mansión, su cómplice tenía una pistola. Comenzaron a forcejear y con furia psicótica, el gringo intentaba quedarse con todo. Se liaron a golpes y el acapulqueño recuperó el costal y se alejó caminado por la playa. Mansón le disparó dos veces, una en la nuca y la otra en la espalda. La marea se llevó el costal. Mansón corrío a recuperar el botín. La oscuridad del cielo negro impedía la búsqueda. Encontró un reloj pulsera de oro con la carátula estrellada y algunos billetes, dólares y mexicanos, en la arena y ondeando en la orilla. Guardó todo en las bolsas del pantalón. Arrastró el cadáver al mar y, cuando logró ponerlo a flote, dejó que la marea lo alejara. Huyó exhausto luego de arrojar el reloj en la playa tan lejos como pudo. Parte del dinero que obtuvo lo gastó esa misma noche en un prostíbulo cercano a Las Crucitas.

Al amanecer se refugió en la terminal de autobuses. Dormitó un rato sentado en una banca, alerta de que nadie lo siguiera. De pronto, le entró la paranoia y se fue de ahí, subió por una calle empinada y, a punta de pistola, le quitó las llaves del coche a un tipo que se estacionaba frente a un taller mecánico. Condujo un Valiant maltratado rumbo al D. F. Al pasar Iguala, abandonó el coche en una brecha solitaria que salía de una acotación. Arrojó la pistola lejos entre la maleza. Sobre la carretera esperó paciente a que pasara un camión de pasajeros que llegaba a una terminal en la colonia Algarín, ya cerca del centro de la ciudad.

Se instaló en un hotelucho cercano. Se dio un baño bajo la regadera; lavó la ropa que traía puesta y la puso a secar. Se quedó dormido hasta que al mediodía siguiente lo despertó de la calle el grito entonado de una mujer que vendía tacos fritos de canasta. Se quedó echado en la cama hasta que anocheció. Salió a buscar cigarros y algo de tomar. Encontró una tienda de ropa baratona y compró un pantalón y una camisa. Regresó al hotel a cambiarse. Ya entrada la noche, fue a conocer la zona aún con aire provinciano, polvoriento, bullicioso y lleno de tugurios con parroquianos fantoches vestidos *a la línea*, como para una gala de noche en el infierno.

Antes quiso cambiar en el hotel sus dólares, pero despertó sospechas del conserje, experto en darle la vuelta a malandros desconocidos. Pese a todo, se sentía cómodo. Anduvo *de bala* un buen rato. Le sedujo perderse entre gente pícara y ventajosa. Era su mundo. Un taxista afuera de una miscelánea le dijo a medio señas que podía llevarlo a San Juan de Letrán, no lejos; ahí podría conseguir lo que buscaba. Estaba lleno de cabarets. Rechazó el ofrecimiento y se fue de prisa *acalambrado* de que lo asaltaran en cualquier esquina.

A la chita callando, caminó por Arcos de Belén, atravesada por calles cortas y penumbrosas que tenían como anfitriones, en las entradas de vecindades y hoteluchos, jotos, padrotes, pirujas y su clientela, vestían *tacuches* y sayos que imitaban exageradamente la acomplejada elegancia de la gente adinerada.

Apestaba a caño y garnachas, casi no había pavimento, y en el terregal había charcos enormes de agua puerca. Había pordioseros y pulquerías por todas partes. Para entonces, la capital ya tenía un prestigio bien ganado por su actividad criminal. Goyo Cárdenas, el feminicida serial convertido décadas después en ícono pop, había iniciado en 1942 la *otra* modernidad mexicana con su presencia espectacular en los medios informativos. Quince años después, por las fechas en las que el gringo se perdía en los arrabales, el exluchador Pancho Valentino escandalizaba a la sociedad capitalina al asesinar a sangre fría, acompañado de cuatro cómplices, a un cura teatino en la parroquia de Nuestra Señora de Fátima en la colonia Roma.

El gringo encontró un tugurio que le atrajo a mitad de una calle que hacía esquina con San Juan de Letrán. Dentro había una luz roja colgando del techo y velas prendidas en las pocas mesas. Solo una estaba ocupada por una pareja a la que Manson miró de reojo sin tomarle atención. No había pista de baile; al fondo estaba un mostrador pequeño lleno de vasos sucios y botellas de cerveza vacías. El cantinero era un sujeto de mediana edad, raquítico; fumaba, solemne, un cigarro sin filtro. Un gandalla con mucho callo. Era *chicharrero* en sus noches libres: experto en abrir con ganzúas y *chorlas* candados y cortinas metálicas. Se tomaba su tiempo para preparar cubas y tequila de botellas alineadas en repisas de madera. De los muros, colgaban en clavos tiras amarillentas con pegamento llenas de insectos. Al lado de la barra había un mingitorio con puerta batiente. No había rocola. La *fiyuca* y el danzón entraban como matrimonio arrabalero por la calle.

Tomó lugar en una mesa cerca de la pareja que mascullaba reclamos al parecer en inglés y español. Le pidió un tequila a la única fichera, veterana en el oficio más viejo del mundo. Le dijo que no era mexicano, como si hiciera falta notarlo. Ella picó el anzuelo y le dijo que el cantinero podría ayudarlo. A Manson el alcohol lo ponía lúcido al principio, después lo perdía. La *curdia* le daba mala copa y consumía alucinógenos, según él para alivianarse. En Acapulco fue fácil conseguirlos. Ahí conoció a una pareja de gays franceses. Le invitaron algunas cervezas en la playa y, luego, en su casa muy mona, hongos. Los franchutes traficaban droga en cantidades pequeñas para el *jet set* local. Los tres se *abrocharon*. El típico *ménage à trois*. La noche siguiente los anfitriones tenían una fiesta. Invitaron al tercero en concordia. Salivó al aceptar. En lo mejor del reventón, comenzó a describir a gritos el surgimiento de una hermandad aria que dominaría a las razas inferiores: *The fucking greasers must be killed!* Hay que asesinar a los malditos grasientos. La concurrencia se divertía con el bufón satánico, estaba de acuerdo con él, no solo sometían a sus sirvientes estilo colonial, los explotaban, masacraban y despojaban de sus tierras. Los meseros tuvieron que correr por la fuerza al Mala Droga y el anfitrión, un aristócrata holandés, lo amenazó con tirarlo a los tiburones. Manson salió a empujones, gritando maldiciones con gestos como si ya lo estuvieran devorando y desapareció sin dejar huella.

Se arrepintió de pedir el tequila y siguió a la mujer ya entrada en edad y en carnes con un diente incisivo de oro.

A señas y mascando como caramelos macizos algunas palabras en español, le dijo al encargado lo que quería. Sin dignarse a ver al gringo, le dijo que sí, le compraba sus dólares a ocho pesos. El cambio oficial era de 12.50. Sin chistar, Manson sacó cien dólares en billetes de baja denominación. El cambista asintió como si tuviera un tic mientras iba a la parte de atrás del tugurio, a otro cuarto más pequeño, y, luego de un rato en la eternidad de los feligreses del demonio, salió con billetes mexicanos enrollados con una liga. Le dio el alijo y se le quedó viendo inexpresivo a su *sayo* en lo que contaba el dinero. Del otro lado se oían gritos de la pareja.

Se guardó la mayor parte en una bolsa delantera de su *trabuco*, con lo demás se *azotó* con doscientos varos para comprarle al cantinero dos *papelitos* de *H* y uno de *ñañaña* pal *levant*ón, y regresó a su mesa. Se aguantó las ganas de darse un *merolinazo* en el mingitorio. No traía jeringa y no se atrevió a conseguir una. A su derecha llamó su atención la otra mesa ocupada por otro gringo y una mexicana con pinta de puta. Su apariencia era peor que la de Manson. Estaban *curdos* hasta el rabo. Ella insultaba a su hombre; en algún momento, lo amenazó con estrellarle una botella de licor en la cabeza. Discutían y de pronto se carcajeaban, sobre todo él, alto, bien *chicho*, de rasgos serios y en mangas de camisa, amarillenta en los sobacos por el sudor. Su *trabuco* Levi's estaba sucio y raído de los bajos, calzaba unos zapatos polvorientos y con las agujetas desanudadas. Su *jaina* a veces lo consolaba pasándole un brazo por el hombro, a veces lo besaba en la boca y otras lo maldecía *berriando* en español, lo abofeteaba entre lloriqueos. Viéndola bien, era más joven que su amante. Tenía los brazos llenos de costras frescas y cicatrizadas de aguja. Una *junkie*, una *merolina* en el caló carcelario. Su hombre traía la mirada perdida y triste, parecía buscar algo intangible en ese tugurio pequeño y hediondo a orines y trapos. Fumaba cigarros Faros uno tras otro, y la mujer se los encendía con cerillos. A Manson se le hizo ligeramente conocido.

Intentaba atraer su atención, dándole golpecitos a la mesa con el culo del vaso tequilero, y sonreía con gesto amigable. Le trajeron otro Orendain y se lo tomó de un trago. Para la pareja no existía mundo ni lamento más allá de ella. Se atraían uno a la otra como el yin y el yang, arrastrando una pasión lastimosa, de trágico heroísmo por escapar a sus destinos, cada quien separándose para siempre. Ambos eran viejos conocidos de ese antro. Un escritor gringo aún desconocido y vagabundo y una deidad demoniaca del arrabal mexicano. Él no tardaría en convertirse en una leyenda mundial de la contracultura. Su renacimiento en esa ciudad lo plasmó unos años después en una noveleta dedicada a su amada drogadicta: "Estoy aquí en Ciudad de México, tarde lluviosa de sábado, misterios, me asaltan viejos sueños de aceras sin nombre, el callejón que recorrí entre lóbregos indios vagabundos envueltos en sus rebozos trágicos hasta el llanto bajo los que creí adivinar destellos de navajas. Sueños lúgubres y trágicos como ese que tuve aquella Otra Noche Ferroviaria donde mi padre aparecía acuclillado en un vagón nocturno para fumadores, afuera un guardafrenos portaba luces blancas y rojas y alumbraba los vastos y tristes raíles de la vida. Sin embargo, ahora despierto en esta meseta Vegetal, México, bajo la misma luna de Citlapol con la que tropecé hace tres noches en una azotea somnolienta camino de ese baño ancestral de piedra que no deja nunca de gotear. Tristessa está colocada, hermosa como nunca, contenta de volver a casa y de disfrutar de su morfina ya en la cama".

De inmediato, Manson supo que su vecino de mesa era otro paisano como los que solía topar en ese país. Como a los demás, le gustaba la compañía de golfas mexicanas. Su exotismo salvaje era un afrodisíaco infalible. Se creen muy listos, pero son unos cretinos presumidos. Jaja. *Hipsters junkies*: son unos cerdos, se meten con nuestras mujeres luego de venir aquí a fornicar *indian whores*. Era seguidor de las ideas de Aleister Crowley, "el hombre más malo del mundo", se consideraba diferente, un iluminado capaz de recuperar la pureza aria de su país.

El gringo afligido se paró tambaleante de su mesa y arrastró sus pasos al mingitorio. Su *jaina* estaba a punto de quedarse dormida con la cabeza echada atrás y boquiabierta como si buscara atrapar entre las moscas que revoloteaban por ahí un poco de morfina.

El malandro fue detrás de su paisano sin llamar la atención.

Se encontraron en el mingitorio.

—Que tal, hermano, ¿cómo va todo? ¿Eres americano? Seguro que sí, lo supe desde que te vi allá fuera con tu amiguita. *It's your little whore, right?* Es tu putita, ¿verdad?

¿Podrías conseguirme una para mí? *I don't speak spanish.* No hablo español. *This fucking indians are bad people, don't trust them.* Estos pinches indios son traicioneros, no confíes en ellos. Ten cuidado, te lo digo yo, sé de lo que hablo. Solo hago lo que mi alma me dice. *I just do what my soul says.*

Era el embrión de su famoso *Helter Skelter*: una cruzada racial a muerte. El descontrol total.

El borracho volteó a ver con desprecio al desconocido con arenga veloz; sintió una descarga de mala vibra que lo hizo sentir más mareado aún. Se topó con una mirada penetrante. Quiso mandarlo a la mierda, pero en su estado era imposible. Apenas podía articular palabra. Se tambaleaba y se había orinado los zapatos. Comenzó a dirigir la meada hacia el otro sujeto para correrlo y casi se cae. Manson lo sostuvo de la espalda en lo que el otro se guardaba el pito, salpicando su *trabuco* con lo que le quedaba en la vejiga. Manson ya se había dado cuenta de que de la bolsa trasera derecha del Levi's sobresalía un cuadernito de apuntes. Lo jaló suavemente y, mientras enderezaba con una mano al borracho, se guardó la libretita en la bolsa donde traía su dinero. Aguantó la mirada del paisano que intentaba recitar algo mientras jalaba aire por la boca. Enfrentaba la muerte como asesino y suicida envenenado por la vida al límite de su prosa errabunda.

El borracho por fin salió del mingitorio. El otro se aguantó ahí unos minutos. Cuando se aseguró de que nadie más entraba, revisó la libretita llena de apuntes ilegibles en tinta negra escurrida por humedad. Entre las hojas encontró un billete doblado de cincuenta dólares. Lo guardó aparte en otra bolsa de su *trabuco*. Regresó a su mesa y confirmó que su *sayo* no se había dado cuenta de nada, seguía en lo suyo e intentaba despertar a la drogadicta. Manson no les perdió la vista la media hora siguiente hasta que, por fin, pudieron pararse de la mesa y salir a la calle abrazados por los hombros para sostener el equilibrio.

El sórdido D. F. convertiría a dos buscavidas en figuras inmortales de la cultura pop. Jamás volverían a encontrarse.

El apóstol del mal esbozaba una sonrisa grotesca de satisfacción y comenzó a pedir más tequila para brindar por su estancia en un inframundo que reflejaba al suyo. Estaba convertido en un iluminado por el odio. La fichera se acercó y de mala gana prendió un cigarro para dárselo a su cliente. La psicología de los bajos fondos diagnostica a tipos así como *picudos* con trastornos mentales graves. Psicóticos con ideología extremista, manipuladores, insensibles al dolor y alevosos.

Dos noches o días después, Manson tomaría un autobús de pasajeros en la terminal norte para regresar a su propio infierno, más allá de la frontera norte. Su paso por México nunca fue registrado. Estaba listo para cumplir su misión en la vida. A los treinta y cuatro años se convertiría en uno de los íconos pop de la industria del *true crime* del siglo xx estadounidense, junto con Lee Harvey Oswald y David Chapman. El némesis de la contracultura la medianoche del 9 de agosto de 1969, cuando ordenó a su "familia" de jóvenes desquiciados por las drogas cometer una masacre a sangre fría en dos residencias de Hollywood.

Acabo un trago vespertino más. Siento un cosquilleo en los oídos y en la planta de los pies. Tengo palpitaciones como si estuviera asustado, pero no. Quiero llorar de tristeza por tener frente a mí a Bere. Que duro es corresponder su amor entregado. Quiero desahogarme a gritos para invocar al mico que vive dentro de mí.

Alguien azota mi puerta. Palpito paranoia. No sé quién o qué me asedia. Ha sido siempre así y no puedo saber si algún día me sentiré seguro en mi habitación mental. En alguno de sus rincones Johnny Weissmüller grita como el rey de la selva. Acapulco lo sedujo para siempre. Decidió construir un bungaló dentro del hotel, lejos del bullicio, de la alberca. Pensó en todos los detalles y lo hizo redondo, dizque así evitaba que entraran los demonios.

Sé que está por ahí, deambulando de un lado al otro, nos mira con sorna. Su abundante transpiración huele a recuerdos lejanos de gallardía. Era un empedernido anfitrión de una élite orgiástica, amante de mujeres hermosas, preferentemente menores de edad. Los fans son las putas de la fama. Nadie como él para disfrutar un coctel de ginebra o un whisky con ginger-ale. Un gran animador sometido por sus excesos. Fingir que era soltero para alimentar las fantasías sexuales de jovencitas blancas y crédulas. Otra farsa. Tuvo sexo con Errol Flyn en la alberca. Contenía un grito de placer, mientras su íntimo amigo lo penetraba dentro de la alberca.

Sus años finales los vivió destruido por su leyenda como héroe eterno, prefabricado. Decrépito, borracho siempre. Adicto a los somníferos. Le aterra meterse a la alberca, a él, campeón olímpico de natación con récords mundiales.

Se retiró de la vida pública en 1970. Ya para entonces sus amigos habían dejado de visitarlo para evitar escenas que no entrarían en el guion de una película para todo público. Ingresó dos veces en el pabellón de la demencia senil con arranques de furia. Aún consiguió algunos papeles más en películas basura. Un día se resbaló ebrio y se rompió la cadera. En la clínica donde lo operaron casi le da un infarto. Meses después tuvo dos derrames cerebrales y quedó postrado en una silla de ruedas. "Su memoria está muy deteriorada, no reconoce a las personas", contaba en 1980 su última esposa, Maria Brock Mandell Bauman. Su quinta esposa. Él, su cuarto marido. Oigo su grito estremecedor y artificioso como todo lo que tiene que ver con los ídolos del populacho. Tarzán y su llamada de la selva los inventaron unos técnicos de sonido mezclando el relinchido de camello, un violín desafinado y quién sabe qué más. Cojea y respira con dificultades. Trae una botella de whisky en la mano, viste un traje de lino y no trae camisa. Está enclenque y carga una mirada estúpida, perdida.

El atleta, la leyenda de Hollywood, se refugió ahí, casi hasta el final, donde lo veo arrastrando su abandono como un alma muerta. En sus últimas semanas ya era incapaz de alimentarse por sí solo y caminar. Expresaba en el gesto una profunda amargura, empujado al abismo por la fama y el derroche. Buscó en Playa Mimosa un retiro más aislado, antes de elegir el Flamingos. No quería enfermeras o cuidadores cerca de él. Sufría alucinaciones y llamaba a Morgan la Chimpancé. Gritaba a todas horas como un Tarzán al que solo acudía a su llamado la decrepitud y las resacas de tantas bacanales salvajes. Murió el 20 de enero de 1984 a los 79 años de un edema pulmonar. Mil quinientos mexicanos fueron al velatorio y acompañaron sus restos hasta el cementerio Valle de Luz de Acapulco. Hubo un grupo de borrachines que durante el cortejo imitaban patéticos el grito de Tarzán.

Chacoteaban con ese humor negro e hiriente que el mexicano muestra como miedo a la muerte. No estuvieron presentes sus hijos. Hollywood lo había olvidado.

En el mirador, descubro a Aníbal y Marta besándose, recargados en el barandal a contraluz de la puesta de sol. Porfirio y Carmen juguetean en la alberca. Bere me llama y la oigo como si yo estuviera bajo el agua. Finjo estar distraído, pero en realidad estoy atento del simio que me habita. Soy *Cheeta*/Morgan. Weissmüller tiene remordimientos por la muerte de un doble que en una escena murió estrellado por el oleaje contra un risco. Ha nadado a contracorriente durante muchos años. En su mirada aún se asoma una ambición desmedida. Está de regreso del cementerio. Quiero oír gritar en los corredores del Flamingos al Tarzán de mi niñez, al loco desquiciado. Necesitamos a un Kenneth Anger, a un Agustín Barrios Gómez para que nos revelen las orgiásticas intimidades del actor. Quiero amar a Rita Hayworth y, sobre todo, a Virginia Hill, la Reina de la Mafia.

Me envuelve un agradable sopor etílico que me hace sentir inmortal y tirarme de la cima del acantilado sensual. Mi melancolía es lúcida por momentos, soy gracioso como un payasito de canción de bolero. Tengo los sentidos abiertos, percibo los olores a bronceador, a los ungüentos aromáticos de Bere, al aceite de cocina, a mariscos, a fritanga; mi aliento a ginebra y cerveza, el de mis amigos y de todo Acapulco. A mierda y orines de los tejones. Carmen y Porfirio, Aníbal y Marta, Bere, mi Bere. Somos otra pandilla poco parecida a la de Johnny en este mismo lugar. Porfirio y Aníbal chapotean en la alberca como bebedores fuertes que no hacen feo a las primeras. Me uno a ellos hasta que el efecto de los cocos locos cobra su efecto. Torsos desnudos. Panzas pálidas, lunares por todas partes, brazos enclenques y piernas fuertes de tanto cargarnos borrachos a nosotros mismos durante muchos años. Parecemos náufragos sobrevivientes de un presente revolcado por el oleaje de nuestras vidas.

Bere presume su buen estilo de nado. Me llama con ella. Sé que si me tiro al agua podría ahogarme. Ya lo estoy por la ginebra y la eriza. Me salí de la alberca casi a rastras a echarme en una tumbona de frente al mirador. Si seguía dentro, vomitaría.

Carmen y Marta gritan que me meta a remojar otra vez. Me siento extraño, mareado y ajeno de todo, como en un mal *déjà vu*. Me da cierto pudor mostrar mi panza pálida. Porfirio y Aníbal hablan efusivos a la distancia.

Algo me recuerda al hotel sin haber estado ahí nunca antes. Todo lo fragua mi imaginación para terminar de escribir, por fin, una novela donde aparecen mis padres. Recordarlos me provoca dudas y rabia. Ellos no conocieron el Flamingos. Mi padre se había lanzado dos veces de La Quebrada, quiso ser clavadista y no lo logró. Rehuía de cualquier asomo de éxito. Siempre tuvo dificultades para ganar dinero. Johnny Weissmüller lo vio lanzarse desde un mirador lleno de gringos adinerados. Bere da maromas dentro de la alberca y se pregunta qué me pasa. "Te ves muy raro, me das miedo", dice. Justo en ese momento comienza a diluviar sin darnos cuenta hace rato que terminó la puesta del sol.

Ha parado la tormenta. Me interno en una maleza de embriaguez sofocante por el calor y me siento adormilado, ajeno de mí mismo, como si lo que veo es de otro yo, nonato. Turbio y evaporable como el mar que desemboca en las playas turbias de Acapulco. Escucho el barullo, los graznidos de los zanates y el oleaje rompiendo en los riscos como dentro de una escafandra. Los gritos eufóricos de Bere, y mis amigos tratan de animar mi apatía. Los Ángeles Azules a todo volúmen en la bocina de un grupo de chamacos que de pronto invade la alberca sin estar hospedados en el Flamingos. Otra pandilla; representa la solvencia económica lerda y de mal gusto en una envoltura de belleza corporal. Es la inspiración de un éxito de Spotify. Tejidos firmes y músculos trabajados en el gimnasio. No hay estrías ni flacidez. Han sepultado cualquier asomo de sensualidad. Ellas y ellos se ignoran, concentrados en utilizar sus celulares, masturbándolos con los dedos pulgar e índice para obtener el orgasmo precoz a través de sus redes sociales.

Quiero ir tras los tejones.

IV

Esa noche, al terminar nuestra cena carísima e intragable en la terraza del hotel, dejé al grupo fingiendo que iba a mi habitación. Comenzaba otra tormenta. Apagaron las luces del restaurante y nos quedamos en compañía del pálido resplandor de unos focos térmicos que iluminaban las áreas comunes. Desde nuestra mesa vimos cómo se sacudían con el oleaje violento unos yates anclados cerca de los riscos. Al horizonte lo rasgaba el perturbador destello de los relámpagos en la oscuridad.

Aproveché para dar un rodeo por un corredor a la alberca.

Encontré a Tarzán casi ahogándose, embrutecido por la borrachera y la heroína. En una orilla lo miraba con odio el fantasma de Lupe Vélez. A través de un espejo, desnuda y hermosa, le proveía alcohol y droga. Se libró de su exesposa a duras penas. A su llegada a Acapulco buscó mujeres que tuvieran el atrevimiento exhibicionista de Vélez. Weissmüller tenía fotos pornográficas de la diva. Escurrían sus ropas de lino sobre el barandal del mirador donde se apoyaba para gritar al mar embravecido por la tormenta que nos impedía salir del hotel. Retaba a la noche, amenazando con tirarse al vacío.

Salí a la calle. Me topé residencias construidas entre el risco y la montaña. Me vi a mí mismo, aún joven. Incapaz de saber el significado de la felicidad.

Era finales del siglo xx. Enero 3. París. Esa mañana me casé por el civil, agobiado desde que llegué unos años antes por tren en la estación Gare de l'Est; en un andén conocí a Margot. Yo buscaba orientación para llegar al barrio chino, en el 11ème arrondissement. Ella hablaba español. Yo ya había conseguido previamente, por un contacto en Nueva York, una pocilga de alquiler en renta. Margot se convirtió en mi lazarilla; al mes ya éramos amantes. Al año nos casamos. Nos fuimos a vivir al departamento de Esther, mi suegra, una energúmena.

Empezó a agrietarme su odio y amargura. Perdía mi tiempo buscando trabajo, pese a que Margot y su madre sabían que era casi imposible porque yo no tenía papeles de residencia. Por lo pronto, aprendí francés en una escuela nocturna para migrantes, me mantenía ocupado. En casa, leía en inglés y español a escondidas. Nunca vas a aprender francés, me reprendían.

Margot dudaba de mi voluntad de escribir a ratos por las noches en libretas o en mi vieja *laptop* que traje de Estados Unidos. Margot me amaba a pesar de sus reparos por pasarme tanto tiempo leyendo como una manía enfermiza. Me carcomía escribir. "Por eso, mi madre no te deja en paz", insistía Margot, "así no conseguirás trabajo. Necesitamos el dinero y hay que mantenerte, yo no puedo con todo".

Si lo que yo más hacía era buscar chamba. Durante mis primeros meses de estancia en París, quemé con Margot mis ahorros de cuatro años como peón indocumentado en Estados Unidos. Nos arrastró la ventisca del enamoramiento irresponsable. Paseos interminables por la ciudad y a las periferias, acompañados de botellas de vino, hachís y cigarros; cenas en la inagotable variedad de restoranes, bares y cafés baratones en barrios de migrantes de todo el mundo, ropa nueva para la prometida. Nos trepábamos de noche, por una escalera metálica, a coger en la azotea de lámina del edificio donde vivía Maud, en la rue Godefroy Cavaignac, en el distrito XI. En su diminuto estudio, en el último piso, apenas cabíamos los tres. Maud nos alojaba cuando Esther nos corría luego de alguna discusión. Algo frecuente.

Nuestro ansiolítico era fumar hachís en cigarro mezclado con tabaco. Parecía bosta de caballo, manchaba los dientes y las yemas de los dedos. En la intimidad, nos metíamos supositorios con morfina que Margot conseguía fácilmente con sus recetas para migrañas en la farmacia del barrio. Perdíamos la noción del tiempo y la orientación, la fumadera me quitaba las ganas de tomar y me estreñía. Aún así, iba al parejo de Margot. Masculinidad narcotizada para que tu pareja no te tome como un pelmazo.

A los pocos meses, Margot me consiguió un trabajo como niñero de Paolita, dos días de la semana la recogía en el kínder y la llevaba a su casa. Paolita. Sus padres eran nuestros vecinos en el mismo edificio, rentaban un departamento pequeño que había sido para los conserjes; un matrimonio de españoles emigrados en la época de Franco. Con los años de trabajo dócil y eficiente, la administración del gobierno les dio una vivienda más grande en la planta baja en otro de los bloques de departamentos de cinco edificios.

Erick y Paola, los padres de la niña, eran pintores y él se las daba de poeta. Uruguayos. Además, judíos. Margot se llevaba bien con ellos y cuando se encontraban por ahí charlaban horas. Margot pintaba al óleo paisajes diminutos y luego, por mi influencia, sobre niños diabólicos, como Mary Bell, convertida en asesina serial a los seis años. A cambio del trabajo tenía que tragarme la verborrea de Erick, empeñado en enseñarme la vida nocturna en las barriadas en su cochecito Opel. Salimos varias veces, y mi guía no quería gastar en cerveza, pero fumaba "chocolate" todo el tiempo. Mientras manejaba me ponía al tanto de las sórdidas calles de Stalingrad y el Sena-San Denis. Yo solo veía putas malencaradas, negros y árabes malandros. Nada nuevo, excepto la marca de la migración delincuencial globalizada. A Erick le podría contar mucho más y no con los vidrios de las puertas arriba y los seguros puestos. Tú no fumas *petard*, ¿verdad? Sí, claro que sí. Bueno, toma un poco… Eh, no tanto, tranquilo, disfrutá, mirá, mirá, esto es un barrio duro. Déjame leerte un poema de mi libro. Acaba de salir, son solo cien ejemplares, pero es una joya, ya verás. ¿Crees que lo puedo llevar a México? Vamos, tú debes conocer gente en tu país que le guste la poesía rebelde de un expatriado.

Se estacionaba con la marcha prendida. Leía sus poemas y mejoraban con el ruido del motor desafinado. Erick ni cuenta se daba de que yo no ponía atención. Me distraía con el paseo sin gente, excepto en Pigalle, el barrio de la noche libertina iluminado con neón.

Regresábamos bien fumados, con la boca reseca. Nos despedíamos cada quien al abrir la puerta de su domicilio. En ocasiones, encontraba a Esther dormida en su recámara. Me quitaba los zapatos para dejarlos en la entrada, tal y como lo exigía la señora. Yo aprovechaba para ir de puntitas a la cocina y sacar del refri dos cervezas que me tomaba en mi cuarto sin despertar a Margot.

Esperaba a la madre de Paolita en su domicilio hasta que llegaba de trabajar como maestra de manualidades en un kínder por Bois de Boulogne, lejos. Pasaba toda la tarde con la escuincla malcriada. Primero, íbamos al parque del barrio y ella no me perdía de vista, temerosa a quedarse sola entre la chamacada en los juegos infantiles.

No paraba de arrojarme su ropa sucia mientras se cambiaba en su cuarto para ella sola. "*Il est moche, Il est moche, hahahahahaha*". Él es feo, él es feo, me gritaba desde ahí. "¿Ah, sí?". Cierta vez le dije que la policía vendría por ella por grosera. En cuanto llegó su madre, chilló como solo lo hacen los niños consentidos: "¡Juan dijo que la policíaaaaaa vendrá por míííííííí! ¡Tengo miedo, no quiero ir!". Ya no regreses, me dijo al despedirme la madre, muy seria, con la hija agarrada a sus faldas, haciendo muecas de terror. La doña me pagó cuatro días y se disculpó por no darme un extra: "No hagas eso a los niños, aquí no es como en tu país".

Y así mis jornadas. De noche apenas salíamos a pasear Margot y yo. Ella caía fundida en la cama por la fumada después de administrar una granja en un juego de computadora. Ya teníamos mucho ganado, las vacas daban mucha leche y un par de burros no hacían nada pesado. Tenían nuestros nombres.

Esther se entrometía en todo. Así era con sus hijas y el novio, pero conmigo se ensañaba. Carne fresca para odios viejos. Se fijaba en lo que yo comía, lo apuntaba en su cuaderno para hacernos cuentas y, en mi ausencia, aconsejaba a Margot vigilarme porque era un mañoso y seguro le ponía el cuerno. Maud vivía recetada de antidepresivos. Cambiaba de psiquiatra con frecuencia para renovar los diagnósticos de su anorexia y depresión. Así obtenía apoyos del gobierno. A veces, se internaba unos días por su propia voluntad en el Hospital Pitié-Salpêtrière, cercano a la casa de Esther. Margot podría haber hecho lo mismo, pero se negó a que la vieran como clienta de un loquero. Tenía bulimia, asma y migraña. Su madre almacenaba en un armario cajas llenas de medicinas.

Helaba y llovía el día que nos casamos. Nos acompañaron unas diez personas. Patrick, el papá, un borrachín afable y descontrolado, lloró moqueando toda la ceremonia. Su hermano Phillipe, un bueno para nada que se juntaba con gitanos allá donde vivía al sur de Francia, en un pueblucho cerca de Cannes. Él nos corrió el hashish durante el brindis. Los padrinos indeseados fueron Esther y su pareja Daniel, jefe de meseros de un lujoso restaurante de pescados y mariscos, Le Duque, en Boulevard Raspail; con frecuencia atendía a la esposa del presidente mexicano. Según Daniel, la primera dama y su séquito salían de ahí hasta las manitas por la puerta trasera, ayudados por sus guaruras.

Maud y su novio, Sebastián, mesero de la aristocrática casa de té Mariage Fréres, una vez nos invitaron a tomar té y dentro estaba Iggy Pop, solo, en una mesa y vestido como magnate. No permitía que nadie, excepto su mesero, se acercara.

El juez ofició la ceremonia borrachísimo y con un ojo moreteado. Traía puesta una banda bicolor atravesada en el pecho. Habló de Cancún y lo hermoso que era. De pronto, dijo: "¡Mariachis!", e imitaba con la mano izquierda el rasgueo de una guitarra. Tantarantintantan. Se puso alegre y se le rasaron los ojos. Le iba bien con su bigotillo a la Vincent Price. Se me ocurrió invitarlo al brindis. *Mon copain est très sympa.* "Mi cuate es muy simpático", dijo sobre mí. Esther me apuñalaba con los ojos y se quejó con todos de que yo quería avergonzar a su hija. Yo recibía abrazos de entre toda esa gente deprimida y hosca. Maud armó una escenita y se desmayó a las afueras de la Mairie porque su hermana la dejaba sola. Forcejeó con Sebastián y salió corriendo para meterse al metro. Esther dijo que se tiraría al tren. Fueron a buscarla su padre y el hermano y regresaron sin ella. Sebastián se fue sin despedirse, harto. Horas después, Maud reapareció en casa de su madre ya bañada y vestida de negro, muy sensual con falda corta y blusa de encaje del mismo color que se transparentaba. A la *femme fatale*. Prendía un cigarro tras otro y apenas tocaba los alimentos. Le pimplaba duro al vino y la champaña y, ya borracha, desapareció. Regresó abrazada y muy sonriente de un árabe con pinta de chulo. Lo presentó como su prometido.

Casarnos fue la condición de Margot para que viniera conmigo a México. Esa tarde lluviosa y fría terminamos fumando *petard*, en la cocina, Margot, Phillipe y Esther. La vieja se quiso hacer muy liberal y le dio unas caladas grandes a un cigarro babeado por todos. "¡Ah!, ¿esto qué va a hacer? Solo le pega a los negros y los árabes, la *racaille*. Pura gentuza. Lo veo todos los días en la calle. ¿De dónde sacan dinero? Ustedes son drogadictos sin educación", nos decía.

Cinco minutos después se sentó en una silla acodada en la mesa y la cara escondida entre las manos, sollozaba.

—Te juro que lo odio. En cuanto tome valor lo mato.

—¿A quién, Esther?, dices lo mismo de todos. ¿Patrick o Daniel?

—El que sea, me han arruinado la vida.

Estaba pálida y con los labios resecos. Vomitó en el fregadero.

Phillipe se carcajeaba de ella y nos rolaba el *petard*.

Esther volvió a fumar.

Hablaba español con su tono de vallisolitana pobretona. Franquista hasta las cachas. Regañona hasta para contar un chiste. Venía de una ciudad rancia, derechosa, amargada como ella. Odiaba a los franceses, pero ahí vivía desde hacía treinta y cinco años, entre franceses. París en las postrimerías del siglo xx. Muchos de ellos, portugueses, trabajaban en oficios de mantenimiento como conserjes y otros empleos rutinarios que los beneficiaban con la seguridad social. El mismo camino que yo temía recorrer. Esther vivía en un departamento de los llamados HLM, Habitations à Loyer Modéré, otra versión de Infonavit pero con pedigrí. Los había construido el Estado por todo el país durante la Segunda Guerra. El de la arpía era enorme, amueblado a la antigua con cierto gusto por las maderas finas. Parecía sacristía. En los sótanos, había cavas antibombardeos. Departamentos como ese en Ciudad de México estarían en Polanco. Pero aún así la vieja reseca despotricaba contra todo lo francés. Un matrimonio por interés. Pat le dio dinero a la suegra, "abuelita mugre" como le decían a doña Rosario, para convencerla de que Esther se casara con él. La abuelita gastaba todo su dinero en los tragamonedas. Una ludópata. La policía la tenía vigilada. Pat iba todos los veranos a vacacionar con amigos, así se conocieron. Con eso le alcanzó para terminar de pagar la hipoteca de un departamento que aún conservaba abuelita mugre. Margot me contó que el padre de Esther formaba parte de las JAP, Juventud de Acción Popular, un grupo fascista de asalto y combate en Valladolid.

En su juventud Pat ganaba bien. Obrero certificado en el grabado industrial. Tenía su fábrica en sociedad con un portugués que luego se la decomisó con ayuda de los abogados que llevaban los asuntos de la empresa. Esgrimieron ante la corte que Pat era un alcohólico irresponsable. Esther hizo un infierno a su marido por "comprarla". Lo volvió un alcohólico pusilánime. Ella le ayudó al portugués en la corte para declarar en contra de su marido. Pat era un gnomo borrachín. Esther le quitó lo poco que le quedaba con pensiones para ella y las hijas y lo corrió del departamento donde vivía toda la familia. La policía le había suspendido para siempre la licencia de manejo. Patrick derrochó su indemnización, ahorros, utilidades, y luego su pensión adelantada por incapacidad, para pagar una vida de burguesa a su familia. Condominio en Alicante para pasar el verano, Pat decía que de recién casados Esther y él se encontraron a Paul McCartney en una playa. Puras habladas de borrachín. Clases de equitación para Margot en su niñez, un piano para que Maud ensaye sus clases en el conservatorio. Su versión desafinada preferida era *La Polonesa*. Despensa con exquisiteces. Coche para él y su mujer. Perdió todo y vivía en un pueblo digno de *Ne me quitte pas*, la canción más triste de la balada francesa. Para entonces Pat o "papounete", como le decían las hijas, vivía a una hora de París en un estudio cercano al centro de desintoxicación al que le impuso la Corte. Pat había chocado en tres ocasiones, una de ellas contra una camioneta donde viajaban dos niños que tuvieron que ser hospitalizados. Le habían suspendido la licencia y aún así se la jugaba a ir a prisión por conducir su Volvo de diesel. De vez en cuando yo era su copiloto para ir a beber de noche en algún bar cercano al suburbio de Pat.

Esther era la nana de un niño de meses. Por la noche cocía ropa de modista para bebés. La contrató a destajo una judía que tenía una *boutique* para niños, ahí por Haussmann-Saint-Lazare. A veces, la acompañábamos a entregar las prendas a una callecita llena de bodegas con turcos y árabes metidos en cafés humosos y sucios. Tenía empotrada en un rincón de la cocina una máquina de coser industrial infatigable. Tracatracatracatracarrrrrrrrrrrrrr.

Al otro extremo del pasillo alfombrado, recorría el departamento a nuestra recamara, perseguido por el ruido de la máquina. Me provocaba pesadillas: me cogía a la vieja chimuela y decrépita, con la cara llena de alfileres y los brazos rotos. Esther tenía un cuerpo de jovencita y un gran culo. Su cabellera, abundante y lacia, peinada a los hombros, a la moda de los años sesenta, teñida de castaño; se arreglaba como chica yeyé y presumía su trasero entallado en *jeans*. Competía en la atención con las hijas y en sus arranques de furia las humillaba con insultos. La Enana y la Tuberculosa, los apodos más suaves si estaba de buenas. Más riñas. Luego hacía la paz invitándoles a fumar con ella cigarrillos bajo juramento de dejar el vicio para siempre. Las tres subían y bajaban de peso en un tobogán de remordimientos y angustia. "Soy más guapa que ustedes", decía la madre. "Tengo más presencia y no me dejo de nadie, de nadie, ¿oyeron? ¿Han visto cómo me miran los hombres en la calle?". Le reprochaba a Margot que anduviera conmigo. "Eres una gordinflona. No te respetas y eso que eres blanca y rubia. Todos esos indios son unos vividores. No lo olvides. Y tú, Maud, tan rubita, cuántas mujeres no querrían tener un cabello así pero sin pinta de puta.

Las escuchaba reñir o carcajearse desde mi habitación.

Maud vivía pegada a su piano de Bastille. Frecuentábamos su barrio por las noches. Había cafetines baratos donde a veces nos amanecíamos. Maud a veces dormía sedada en casa de Esther. Tenía una recámara para ella sola y con otro piano. Por las ventanas de planta baja que daban al patio central del conjunto de condominios, se asomaban en primavera las flores blancas de un hermoso cerezo japonés. Yo lo amaba y lo contemplaba largo tiempo a solas. Éramos inquilinos con un aire de Truffaut.

Una noche, Maud fue a visitar a su madre. Solían chismear en la cocina mientras fumaban ansiosas. La hermosa aprendiz eterna de piano con su cabello largo y rubio rizado. Vestía a la *Nikita*. Era después de la cena. Se insultaron a gritos, y Maud a todo pulmón escupía maldiciones aún desde la calle cuando Esther la corrió. Se asoman vecinos desde sus ventanas. No hay expresión en sus rostros. Desaparecen tras recorrer sus cortinas. Es una escena de Hitchcok.

Margot y yo veníamos de tomar un café y Maud nos ignoró al toparla en la entrada del edificio.

A la noche siguiente, fuimos a verla a su estudio, como era costumbre en las crisis de la cuñada. Traía el ojo morado. Se había peleado en el metro con un árabe que le quiso quitar sus cigarros. Mientras tomamos varios *expressos* que preparó en una cafetera italiana con una gentileza ensayada, nos contó que atacó a su madre con unas tijeras de pollero que su enemiga usaba para cortar tela. Poco a poco, Maud se puso furiosa mientras contaba su relato. Esther la desarmó, y forcejearon hasta que Maud la tiró al suelo. La puso boca abajo y encima de ella, agarrada de las muñecas, le dio cabezazos para obligarla a rendirse. Esther traía dos chipotes enormes en la nuca y otro en un pómulo. Maud en la frente. Al llegar a su estudio se rapó con tijeras frente al lavabo de la cocina. Llegó su padre a verla y la encontró encerrada en el baño con las tijeras en la mano lista para atacar. Salió cuando llegamos. En otra ocasión, la encontramos a gatas limpiando su sangre de hemorragia nasal provocada por sus fuertes medicamentos. Estaba a horcajadas y con la cabeza hacia atrás como si la jalaran del cabello. Así ocurría con frecuencia. Margot era la custodia, siempre al rescate de las continuas crisis suicidas de la hermana. Convivíamos bajo estrés lleno de tensión sexual.

Para entonces ya había pasado más de un año de la "Grande Catastrophe", una tempestad violenta y destructiva que azotó toda Francia. Muchos barrios de París, sobre todo a las afueras, estaban destruidos y era el tema de noticieros y conversaciones. El SAMU, servicio de emergencias del gobierno, no se daba abasto. Cerca del domicilio de Esther murieron varios ancianos asustados y solos.

Por septiembre de 2001, yo cumplía con todos los requisitos para obtener chamba legal. Las chambas que conseguí esporádicamente, antes y después, eran sin contrato ni papeleo, pagaban en efectivo, poco y sin ninguna garantía. "Trabajo negro", se conocía. Mi logro más grande hasta entonces había sido contar personas dentro de un elevador de La Samaritaine. Hombres y mujeres de todas edades para una encuesta de perfil de compradores. Ocho horas subiendo y bajando pisos con una tableta, palomeando sexos en una hoja de papel rotulada.

Así conocí a *monsieur* Kaya.

Me esperaba puntual a las cuatro de la tarde una tarde de octubre. Frío y lluvia en las calles pardas, ocupadas por peatones malencarados. El señor Kaya me había contactado a través de un anuncio gratuito de empleo que puse en el *USA in París*, un tabloide mensual que publicaba información de la comunidad gringa residente en la ciudad. Se distribuía en barrios burgueses. La mayoría de los anuncios de empleo era para nanas jóvenes. Me imaginaba jovencitas, como las que describe el Marqués de Sade. Descubrí la publicación semanas atrás en la entrada de una iglesia y aproveché. *Solicito bueno para nada.*

Cuando llamaba a otros empleos ofrecidos en esa publicación me colgaban cuando oían mi dicción torpe y acento. Chambas de gato, no había de otra. En ocasiones, Margot, atenta a mis esfuerzos inútiles, llamaba por mí para evitar desaires, pero su acento parisino y persuasivo no funcionaba cuando les explicaba que el trabajo era para *mon mari mexicaine avec Carte de resident y date de entrée en France aout 2000.* O sea, cuando me convertí en migrante legal. El mismo año de la Grande Catastrophe.

Activité professionnelle ou motif de séjour: TOUTE PROFESSION EN FRANCE METROPOLITAINE DANS LE CADRE DE LA LEGISLATION EN VIGUEUR. ADRESSE: CHEZ MME CURIEL MARTIN (domicilio de mi suegra en 20 RUE LA DANTEC 75013 PARIS).

Una monserga humillante para alguien que en Estados Unidos había conseguido fácilmente trabajo ilegal duro pero bien pagado durante cinco años antes de llegar a París confiado en que sería igual.

Llevaba dos años pescando trabajos negros pagados en efectivo para evadir impuestos y seguro social. Nos contrataban negocios pequeños y personas necesitadas de sirvientes para limpieza casera, niñeros, cuidadores de mascotas y otras muchas ocupaciones sencillas pero fatigosas. Los negros africanos tenían controlado el monopolio de criados con contrato. Como escoria de las excolonias francesas con ayuda humanitaria, tenían preferencias sobre los demás parias.

Aquella mañana Margot recibió la llamada en casa. Desde nuestra recámara la oí hablar amable y risueña en la cocina, luego me llamó de un grito y me pasó el auricular como si me hablara mi amante. Me buscaba un sujeto con acento raro y cascado. Dijo que le había llamado la atención mi perfil con tres idiomas. Me ofreció una cita en su domicilio para conocerme y arreglar el pago por tres tardes de trabajo a la semana.

Fui esa tarde, trasladándome en metro no lejos de République, al norte.

Un barrio de oficinas, con cafés y negocios simplones con horarios hábiles. Toqué al interfono de un edificio de departamentos y sonó el zumbido para abrir la puerta de entrada y subir por un elevador pequeño al tercer piso. Me abrió, de una de las cuatro puertas, un anciano chaparro con gorra de lana de donde brotaban unos mechones de pelo pardo. Todo en él era desaseo en su saco y pantalón de lana, bufanda y pantuflas. Todo le quedaba grande. Me saludó antes de invitarme a pasar a un estudio con ventanales a la calle, cochambrosas y sin cortinas, que dejaban pasar la luz parda del atardecer invernal que anunciaba la tragedia, por llegar pronto, de la Gran Catástrofe.

Unos cuarenta metros cuadrados de mugre y abandono. Al fondo se alcanzaba a ver parte del brazo de una grúa de construcción como tenaza de una langosta. La calefacción estaba apagada y era como estar en la calle. En la estancia había una mesa de comedor para cuatro personas llena de libros viejos apilados al igual que en todas las paredes a una altura casi de la misma del anciano maloliente, como todo el estudio. Un par de sillas, un sillón reposet raído, dirigido a las ventanas, y una cocineta sucia empotrada al extremo opuesto de los ventanales donde cabía un fregadero lleno de trastes sucios y un frigobar. Olía a comida recalentada de un sartén con sobras en uno de los dos quemadores eléctricos.

—¿Qué te parece?

—¿Qué? —respondí de mal modo con los nervios de punta.

—Mi biblioteca.

—Tengo que revisarla. ¿Qué es lo que quiere que haga?

Estaba listo para largarme con cualquier pretexto.

Con un tono dulzón, casi de súplica, dijo.

—Solo quiero que los ordenes —señaló los libros que copaban los muros del saloncito, entre las páginas tenían notas de papel de colores.

No me había fijado que sobre la mesa había varios bloques de papeles adhesivos de colores. Uno por cada tema. Había cientos de libros. Parecía la bodega de un librero de saldos de los puestos del Sena.

—He gastado una fortuna en esos papelitos. Todo es muy caro. ¿De dónde viene tu apellido?

—Soy mexicano, ya se lo dije.

—No he oído mucho ese apellido por aquí. Me llama la atención que hables tres idiomas y te guste leer. Hay mucha pobreza en tu país.

—En su país también —dije defensivo.

—Eso no es verdad. Los otomanos tenemos mucha grandeza. Aún somos un imperio. Mi apellido, Kaya, es de mucha tradición en Turquía, viene de la antigüedad. He vivido aquí toda mi vida. Trabajé treinta y cinco años para la embajada de mi país. Era asesor de cultura y relaciones exteriores.

—¿En qué?

—En mi país me reconocían como un tipo brillante.

—¿Hace cuánto? ¿Conoce México?

Tomé una silla para sentarme. Me quedé mirando por los ventanales y me desatendí del viejo que seguía hablando tonterías. Me dieron ganas de matarlo. Sentí un profundo desprecio por el viejo arrogante por más que trataba de encontrarle cualidades. Me cayó mal desde el inicio. A pesar mío me recordaba ligeramente a mi padre. El turco era un lector veterano y muy culto, según presumía. Algo aprendería de él. Desde mi lugar, di un vistazo a los lomos de los libros para ver los títulos. Todos en francés, alemán, inglés y turco. Eran pura basura. Ediciones descontinuadas, viejas en pasta dura sin el forro. *Practices and Uses of Diesel Machinery. Histoire du Bósforo, Understanding Turkey.* Si encuentro *Mein Kampf* me lo robo, pensé. De pronto comencé a mirar a mi alrededor y descubrí, sobre el pequeño refri, una botella de moscatel amarillento. Justo en ese momento el viejo me tocó el hombro para preguntarme si quería un poco. Había estado detrás de mí todo ese tiempo y no me di cuenta. Me escrutaba como si yo fuera un ladrón.

—Sírvete lo que gustes.

—Sí, gracias. —Me paré de la silla y seguí al viejo por un vaso pequeño y sucio por dentro que extrajo de una alacena llena de trastes. Lo llenó.

—Hace frío. A los mexicanos les gusta mucho emborracharse. Espero que no seas igual.

Kaya lo dijo con una leve sonrisa como si fuera un detective que me había descubierto.

—No quiero el trabajo —dije sin pensarlo al acabarme de jalón el vino dulce.

—¿Cómo?, ¿por qué?

—No me interesa.

—Necesitas mi dinero; si no, ¿por qué viniste? Mira, ten, aquí está tu primer pago.

Sacó de su bolsa del pantalón unos billetes arrugados. Doscientos francos. Los tomé con actitud desdeñosa para guardarlo en mi cartera vacía y ya con el licor fluyendo en mi sangre.

—Hay mucha pobreza en México, ¿verdad?

—No más que en Turquía, ya le dije. Voy a comenzar.

Dejé mi chamarra colgada sobre el respaldo de la silla y me acerqué a la primera pila de libros a mi izquierda. Me rebasaba una cabeza. De pronto dijo el vejete:

—Ya se hizo tarde y está oscureciendo. Tengo sueño. Además, no me gusta que bebas en mi casa. Toma tu chamarra y vete. No vengas mañana, te espero el jueves a las cuatro en punto.

—A esa hora no puedo. Llego a las cinco.

No dijo nada. Me miraba como si quisiera descubrir una mentira. Apenas había pasado poco más de una hora. Aún no daban las siete. Entendí que más que el aspecto de mi empleador, me molestaban sus ínfulas de superioridad desde que hablamos por teléfono.

Me abrió la puerta, y solo dije *bonne nuit*.

Regresé puntual. Kaya llevaba la misma ropa puesta. Era como si no me hubiera ido. Calentó agua en una tetera eléctrica cochambrosa, se preparó un té y no me ofreció. Decidimos hablar en inglés, él dijo que no entendía bien mi francés, ni yo el suyo, pero no me importaba. Su vocecilla parecía soplar las velas de cumpleaños incalculable. El viejo carraspeaba y se pasaba la lengua por los labios resecos.

Me concentré en los libros después de tomar unos papeles de colores. Tomé la misma silla de mi primera visita y comencé a clasificar en inglés y francés; ignoré los de idiomas que no conocía.

Kaya comenzó a rondarme muy cerca con su taza de té en la mano y dando sorbos ruidosos. Yo me tomaba mi tiempo y leía los apuntes del erudito de lo inservible con caligrafía muy pequeña en plumilla.

—No me gusta cómo lo estás haciendo —dijo de pronto.

—*Me pas di tú*. Dígame cómo quiere que lo haga —respondí de mal modo.

—Necesito que leas con atención y lo que no sepas me preguntes.

—No le entiendo a nada; para empezar, a su letra.

Chasqueó los labios y se alejó con un ademán despectivo de mano. Se fue a sentar al reposet en la sala, de frente a las ventanas chamagosas. Terminó su té y lo dejó en una mesita redonda, a un lado del sillón.

—¿Ya te dije que en mi país fui un tipo muy reconocido? Soy muy brillante.

—¿Sí?, ¿hace cuantos años?

—Eso qué importa. A su edad yo ya tenía una vida hecha.

Tomó un libro para leer y al poco rato se quedó dormido en un reposet cerca de la ventana.

Dejé de hacerme tonto y, a hurtadillas, empecé a rondar por ahí. En la recámara había ropa tirada alrededor de la cama sin tender, encontré en un perchero atornillado en la pared bufandas, un sombrero de fieltro fino manchado de sudor y un estetoscopio. Me lo llevé aguantando la respiración, asqueado del olor. El baño, a la entrada del estudio, estaba cerrado y no me atreví a abrirlo. Salía un hedor a mierda. Regresé a la pequeña estancia, oculté el estetoscopio en un hueco del piso alfombrado, entre las pilas de libros, y me serví un lingotazo del moscatel y lo llevé a la mesa. El viejo ni cuenta se daría, según yo. Abrí el refri, no funcionaba. Dentro había comida china echada a perder. En la alacena al fondo, oculta tras los cacharros, encontré una botella nueva de cerveza belga, la guardé en una bolsa de mi abrigo.

Tendría que despertar al vejete, pero esperé una media hora; mientras, me acabé el moscatel en mi silla hojeando libros. Se me ocurrió ir por el estetoscopio. La tripa de goma resistía al extenderla al máximo. Miré a Kaya, dormía con la cabeza echada atrás, la boca abierta y las manos reposando en el vientre con el libro encima. Me paré detrás de él con la tripa del estetoscopio estirada de los extremos con las manos, con la izquierda le toqué el hombro para ver si despertaba. Nada. En penumbras regresé el instrumento a mi escondite y fui a despertar a *monsieur* Kaya.

Lo sacudí de un hombro y lo llamé por su nombre.

Despertó con un ligero sobresalto y me miró como a un aparecido.

—Ya me voy.

—Es muy poco tiempo.

—Prenda la luz, no puedo leer así.

—Qué lata. Estoy cuidando mi consumo, sale muy alto. Me quedé en silencio, a la espera.

—Pues ya vete si no quieres trabajar.

—Ya le dije por qué.

Monsieur Kaya se paró del reposet con ciertos trabajos, fue en dirección a la puerta para despedirme.

—No me ha pagado.

—No has hecho nada.

—¿No? *¡Merde!* Llevo casi dos horas aquí.

—Te pago mañana.

—No vendré. Comienzo en forma la próxima semana, lunes, miércoles y viernes.

—Los días los pongo yo y no sé si quiero tantos.

—Eso fue lo que quedamos por teléfono.

—Te pago el lunes.

—No, entienda, por favor.

Malhumorado se metió a la recamara. Tardó una eternidad. Creí que se había vuelto a dormir. Me asomé y lo vi que ya venía de regreso, luego de cerrar la puerta mal atornillada del armario.

—Toma.

Puras monedas en una bolsa de plástico, tuve que contarlas.

—Faltan setenta francos.

—No me dio tiempo de ir al banco. El lunes te completo.

—*Je m'en fous*. Me vale madres. Repetí en español lo que soltaba mi suegro como muletilla en ambos idiomas.

Abrí la puerta de salida, fúrico, y dije, sin mirar al viejo:

—*Bonne nuit*.

Hasta el miércoles regresé por tercera vez en medio de un aguacero. El pronóstico del clima avisaba de una tormenta en toda Francia. Esther no se lo perdía por televisión. El clima era otra de sus obsesiones, como de todos los parisinos.

Me abrió la puerta y sin decir nada fue al baño. Regresó a darme una toalla puerca para secarme el cabello. Aventé el trapo en una de las sillas del comedor. Acomodé mi abrigo sobre el respaldo de la otra, como si no conociera a Kaya, y me puse a revisar los libros. Me escurría agua a la espalda del cabello peinado hacia atrás con los dedos.

—Deja eso, quiero que hagas otra cosa —dijo el viejo.

Me llevó al baño y abrió la puerta.

—Límpialo, está un poco sucio.

Me esquivó para ir a la estancia y fue por una cubeta, escoba y detergentes. Los dejó a la entrada y se fue al reposet.

—Será rápido y después sigues con los libros.

Estaba tan asqueroso que costaba trabajo creer que lo usaba un pensionado por dos países como para no pagar a alguien que le hiciera la limpieza al menos una vez por semana. Confirmé la tacañería menesterosa del anciano. Las dos veces anteriores que estuve en su domicilio no fui a mear. En la suciedad de un baño se encierra la conciencia de las personas. Si no puedes cagar y bañarte a gusto donde vives, eres alguien ruin.

Me sentí agotado, a punto de reventar. Era una jornada completa en una hora. Me arremangué el suéter y abrí el agua caliente de la regadera para llenar la cubeta con agua y detergente. Me desatendí del viejo y me concentré en hacer lo que yo sabía hacer a la perfección: trabajar como mula sin resistirme a los abusos desde que cumplí trece años y acepté mi primera chamba como mozo de mi hermana mayor que trabajaba como asistente en un despacho de abogados. Me mandaba en camiones lejísimos a entregar o traer documentos con el dinero justo para el transporte. Diario iba a una tienda de ultramarinos a comprar botellas de coñac o whisky para los abogados, como correspondía a unos usureros. Me pedía los boletos del camión como comprobantes y nunca me dejaba ir a la hora de mi salida.

De pronto, no sentí nada por mí ni por el viejo. Estábamos al fondo del mismo pozo. Me esforcé en restregar con la escoba, y unas fibras de plástico, las capas de jabón espumado, reseco en las paredes y el piso, los pelos y mocos atorados en la coladera. Era imposible limpiar a fondo años de inmundicia. El bote de basura estaba repleto de papel higiénico y cajas de medicamentos. Recordé a mi padre, murió orgulloso y sabio. Casi me pongo a llorar. Agarré a escobazos las paredes y el escusado hasta que rompí el palo. Traía las manos enrojecidas por el chorro del agua ardiente de la regadera que abrí para ayudarme a disolver la mugre.

Al terminar, encontré en la mesa una nota debajo de unas monedas apiladas. *The money I owed you.* El dinero que te debía. Treinta francos. Kaya parecía muerto durmiendo a pierna suelta con los brazos caídos a los lados de su reposet. El frío en la habitación no se lo impedía. Me acerqué y puse la palma de mi mano izquierda casi pegada a la boca entreabierta del viejo y sentí el vaho de su débil respiración.

Fui de prisa a la recámara y hurgué en el clóset. Entre garras revueltas encontré una cartera alargada a lo ancho con un billete de cien francos, un pasaporte y una credencial de identidad. Tomé el dinero y lo guardé en una bolsa de mi pantalón.

Regresé con el viejo y otra vez le medí la respiración. Con mucho cuidado, le cerré la boca empujando la barbilla con una mano al tiempo que con la otra le apreté la nariz con los dedos índice y pulgar derechos. *Monsieur* Kaya comenzó a sacudirse y a toser débilmente. Me mantuve firme poco más hasta que el viejo dejó de resistirse. Despacio y de puntillas fui por mi chamarra y me la puse tranquilamente. Huí sin perder de vista a mi empleador hasta que cerré la puerta.

Ya en la calle caminé de prisa hasta mi domicilio. Me esperaba Margot. Hice parada en un café cercano a casa, tomé una taza de vino caliente con especias y fumé dos cigarrillos. Estaba seguro de que los parroquianos y los meseros me veían con desprecio. Al llegar, Esther no estaba. En nuestra recámara, Margot dibujaba con crayolas bebés de rasgos malévolos. Apenas saludó sin perder la vista de su cuaderno. No preguntó nada sobre mi trabajo. Abrí la ventana y me puse a fumar nervioso. Margot hizo muecas de que le molestaba el humo y salió para seguir con lo suyo en la cocina mientras llegaba su madre.

Fumé tres cigarros más. Con la luz apagada me cambié, eché la ropa en un bote y me puse en pijama. Bajo la penumbra con luz de las farolas afuera, me metí a la cama y fingí dormir hasta que regresó Margot horas después. Pasé toda la noche en vela. No me quitaba la sensación de la hediondez del departamento del viejo. Era como si saliera de mí. Aún todavía me perturba. Es como si me hubiera llevado conmigo al viejo turco. Margot y su madre nunca me preguntaron qué había pasado con mi chamba. A final de cuentas, había vuelto a mi situación normal. Era como si intuyeran lo que hice. Margot se mostró muy cariñosa conmigo y pasamos muchas de esas noches haciendo el amor.

A veces perdía el tiempo navegando en internet desde la computadora de Margot. Un domingo por la mañana, me puse a buscar noticias sobre México.

Encontré una convocatoria del INBA para un concurso literario de "Testimonio". No pedían muchas cuartillas y tampoco explicaba a qué se refería. Al día siguiente, casi de madrugada para cuadrar los horarios, llamé por teléfono para preguntar sobre el concurso. Contestó una mujer que no dijo gran cosa:

—Mande lo que tenga así como usted lo entienda.

A escondidas me puse a revisar en mi recámara y, por las mañanas, entre semana, en la biblioteca del museo Pompidou un puñado de cuartillas escritas en un viejo procesador de palabras Toshiba. Eran apuntes desordenados donde registraba hasta gastos de transporte y comida. Junté casi doscientas cuartillas y el concurso pedía ochenta como máximo de extensión. Poco valía la pena, pero tenía registrado una larga senda de fracasos y malas decisiones. En algún momento, pensé en enviar dos manuscritos con distintos seudónimos. Me decidí por el que narraba mis experiencias en París. Céline y su gato Bébert, Simone de Beauvoir y su amasiato con Nelson Algren, las catacumbas y algo más. Me llevó un mes reescribir todo; revisar y editar.

Con el tiempo encima para el cierre de la convocatoria, saqué una fotocopia a todo el manuscrito antes de enviarlo por correo postal y regresé a mi rutina. Sentí que me había quitado un peso de encima.

Por la tarde, busqué a mi amigo Francisco Lima. Con él y con su esposa alsaciana pasaba los pocos momentos agradables que tenía disponibles. Bebedores duros. Lima era otro mexicano desbalagado en busca de abrirse camino como grabador e impresor. Simpático y locuaz. Anne me tenía aprecio porque nunca me quejaba, a menos que no hubiera bebida. No sé cómo podíamos divertirnos tanto con tan poco dinero en la bolsa. Teníamos desfachatez. En guardia siempre.

Francisco me presentó una legión extranjera del mismo perfil. Por mi parte, conocí a un fotógrafo oaxaqueño que dominaba la sutileza de la vagancia. Solo le faltaba un taparrabo para parecerse a un nativo del Amazonas. Me mostró un París callejero entre patibulario y extravagante. Oyéndolos a todos ellos con atención, su parloteo incansable, aprendí mucho de la deriva estética más allá de mi amargura. Dejé de practicar a solas mi pronunciación, leyendo en voz alta frases del *Viaje al final de la noche*. Yo no era antisemita ni francés.

Mi odio era contra mí mismo y contra los que consideraba iguales a mí. Esas largas veladas con Lima me aligeraban durante un rato el peso de no tener nada mío. Me había dado por robar en los remates para ayudar a los migrantes pobres y los SDF, los *sans domicile fixe*. Chácharas y ropa que luego regalaba a quien fuera. Una vez le llevé unas gorras a Emilio y a Anne que nunca usaron.

Estaba agotado por mis interminables discusiones con Esther. No te gusta trabajar. A ti tampoco, vives de las ayudas del gobierno y del trabajo negro, como yo. Nos avergüenzas, somos gente de bien, quién sabe de dónde saliste. Los españoles como tú llegaron de criados.

Me reía de ella en su cara y le dije que ganaría más de puta. Indito majadero, muerto de hambre, como todos en tu país. Di lo que quieras, pero tú y yo estamos arrimados aquí, aunque seas española.

Idioteces a gritos. Prefería huir de casa, la calle me consolaba. Todo cambió una tarde antes de cenar. Esther y yo estábamos en calma chicha, listos para otra bronca. Tomábamos café en la cocina con el ruido de la televisión portátil como fondo. Esperábamos el regreso de Margot de su trabajo como niñera.

Salivábamos odio mutuo. Yo iba en camino a mi recámara para no cenar con la lagartona cuando Margot abrió la puerta del departamento y, en lo que se quitaba el abrigo y los zapatos en la entrada, encontró a su madre llorando a gritos tirada en el piso, abrazada de una pata de la mesa del comedor.

—Me ha humillado. Me ha dicho que soy una puta. En mi propia casa. No quiero volver a verlo. Lárgate gilipollas, comemierda —gritó furiosa.

Encerrado en mi recámara, esperaba la sentencia del tribunal mujeril y, en el momento adecuado, escapar a la calle. Tuve que salir al baño, al lado de la cocina. La mamá y la hija lloraban a moco suelto abrazadas. Le llamaron por teléfono a Maud para mantener prendida la hoguera. Me destrozaban en francés adrede para que yo no entendiera. La bestia de París, la reencarnación del monstruo de Montmartre, ahora vivía de arrimado en rue Le Dantec. El asesino serial de ancianas. Década de los ochenta. Otro "mestizo". *Un métis.* Regresé a mi celda. Me puse a fumar frente a la ventana sentado en la mesita donde escribía a mano antes de transcribir en el procesador. Al rato llegó Maud. *"Cou cou! Alors, ça va bien?".* Entraron en conciliábulo para decidir qué hacer con el vividor insolente. "Que se largue, no lo soporto", fue la sentencia de la juez. Oí los pasitos firmes de Margot cruzando el pasillo. Entró como en un desalojo:

—¡Basta ya, Juan! Has ofendido a mi madre. Será mejor dejar esta casa.

Y se fue azotando la puerta. Afuera se oían los cuchicheos. De pronto, Maud se carcajeaba. Iba para largo, como siempre. Si no era Pat, era Daniel, o si no, alguna de ellas mismas. Todos de la greña gracias a la vieja intrigosa. Traqueteaba la máquina de coser como fondo. Esther siempre tenía a la mano las filosas tijeras de sastre. Timbró el teléfono. Sonaba como alerta para incendios. Las hermanas bajaron la voz, mientras que Esther hablaba con alguien.

—¡Juan, te hablan! ¡Juan, te hablan!

Eran casi las diez de la noche.

Ahora me gritaba Margot. Tenía tono conciliatorio. Carajo, qué miedo ir a la cocina. Con las prisas, olvidé ponerme chanclas y salí en calcetines recorriendo el pasillo como si fuera el túnel al ruedo de un coliseo. Esther me pasó el auricular con una sonrisa de desprecio. Las tres fumaban. Les di la espalda.

—¿Sí?

—Buenas tardes. Llamamos de la Dirección de Literatura del INBA. ¿Es usted J. M. Servín?

—Sí.

—Queremos comunicarle que ha ganado el premio Testimonio 2001, bajo el seudónimo de Bardamú.

—¿Gané qué?

Volteé a la mesa con mirada de degenerado listo a violar a las ocupantes.

—Hablo de parte de la licenciada Gomiz para comunicarle que su obra, *Periodismo Charter*, es la ganadora.

—Ah, hombre. Muchas gracias.

—Pues tiene que venir el 16 de noviembre para la premiación en Chihuahua.

—Uy, no puedo. No tengo dinero para viajar. Vivo en Francia.

—¡Chazo! Chazo! ¿De qué hablan? ¡Dinos! —La chismosa de Margot quería saber de qué se trataba en plena llamada. Mi apodo era por berrinchazo. Le hice una seña de mano para que se calmara. No me dejaba oír, pero yo sabía que había olido dinero.

—El premio es de cuarenta mil pesos. Tiene que venir por él.

—¿En serio?, ¿está segura? ¿Y no me puede depositar?

—Nos gustaría mucho entregarle el premio con los jurados.

Yo ni siquiera recordaba que ofrecían tanto dinero al ganador. Lo que buscaba era hacer algo con mi vida. Recordé a mi padre en Acapulco.

—Lo agradezco, pero no puedo ir. Le pido de favor que me depositen, mi situación es delicada. Si pudiera, iría de inmediato.

—Voy a hablar con la licenciada Gomiz, es la directora. A ver qué dice y le llamo.

—Gracias.

Colgué. No tenía más que decir. Algo expresaría mi gesto que Margot insistió que les contara. Lo hice ignorando a las otras, pero no mencioné lo del dinero. Por fin anotaba un gol como visitante.

—Vaya, mira. ¿Y eso de qué nos sirve?

Se portaba como su madre para no quedar mal con ella. No le gustaba que yo insistiera con mi "manía neurótica".

—Pretextos para no hacer nada —dijo Esther, dándome la espalda, mientras lavaba trastes en el fregadero—. ¿Un premio de qué si no sabes hacer nada? En México se la pasan de fiestas. No trabaja nadie. Este hombre quiere dejarte, te lo digo yo, Margot: ¡TU MADRE!

A mí ya me importaba un carajo y las dejé parloteando desconcertadas. Decidían mi futuro. Fui de regreso a la recámara por una gabardina para salir a la calle, necesitaba fumar acompañado de una cerveza. Se me hizo un nudo en la garganta. Me palpitaba el corazón como si algo o alguien amenazara mi vida. Cerré la puerta y me senté en la orilla de la cama. Sin poder evitarlo comencé a llorar como si hubiera cometido una terrible falta. Deseaba que Margot entrara a felicitarme y abrazarme. Me cubrí el rostro con las manos. No fuera que me encontrara así. Gané un premio. Cuarenta mil pesos. México. Mi familia. La graciosa huida como dicen de los toreros ante la embestida de la muerte.

Ya era un escritor y había pasado muchos años ocultándolo, fingiendo que no me lo tomaba en serio. Como un gay cuando no se acepta y tiene miedo a confesárselo a sus padres. No me quedaba de otra, esa llamada me obligó a salir de mi closet vocacional.

Dos semanas después comencé a vivir a mi manera. Días después de la primera llamada del INBA, más o menos a la misma hora, sonó el teléfono. Largos días de espera de una llamada. No había nadie en mi pandemonio. La insistencia del timbre me obligó a contestar inseguro por mi francés de Iztacalco.

—Wui, mesón de la famile Estoiquel alaparei.

—Buenas tardes, Servín. Le voy a pasar a la licenciada Ana Mari. No me cuelgue.

—Hola, ¿cómo estás? Ya me contaron. Cómo que no puedes venir, ¡oye! ¿Y por qué, J. M.? ¿Eres José María?

—NO. Juan Manuel. Son mis siglas como autor.

Era complicado explicarlo. Una manera de ocultar mis complejos. Pareciera como si al resto de los mexicanos que vivían en París los respaldara un abolengo, al menos los universitarios becados y los bohemios burgueses que conocí de casualidad. Estaban seguros de su futuro en México. Podrían apantallar a cualquiera. Yo era un inmigrante de treinta y nueve años, casado por el civil contra mi voluntad, si soy sincero. Desempleado y arrimado en un matriarcado demencial.

Pero comía y bebía de lo mejor en casa, gracias a los sobrantes frescos del día que llevaba Daniel del lujoso restaurante donde era el *maître*. Esther hacía una despensa en el Monoprix a dos calles, un supermercado para clientes de buen nivel económico. Margot y yo surtíamos ahí nuestra frugal despensa de chucherías porque en casa de *mamounette* sobraba de todo. Pagábamos con la ayuda económica mensual que recibíamos del gobierno como desempleados dados de alta en el Arrondissement XI, que correspondía a nuestro domicilio. Un barrio lleno de jubilados.

Yo era un paria, emigrado, en estado de gracia. El gobierno solo me pedía asistir regularmente a una oficina cercana de colocación de empleo. Sentados, detrás de su escritorio, me entrevistaban, según el orden de una ficha de mi lugar de espera, un funcionario o funcionaria. Personas discapacitadas casi siempre en ambos lados del escritorio. Frecuentemente, nos atendían retrasados mentales. Se tomaban su tiempo a gusto. Me hacían preguntas para llenar un formulario y al terminar me daban un comprobante de asistencia con su aprobación firmada. Con ese comprobante tenía que ir una vez al mes a un centro de orientación a desempleados ubicado al otro lado de la ciudad en un barrio repelente al turismo y los extraños. Nos recibían en grupo alrededor de una enorme mesa redonda dentro de un salón sin ventanas. Era como un grupo de AA. Se llenaba de menesterosos de todos los sexos y edad adulta. Mañosos y, con frecuencia, majaderos para exponer su situación llena de excusas y exigencias de apoyo económico, como si fueran sobrevivientes de la guerra. No faltaba el que lloraba en silencio y no respondía nada, hundido en la depresión. Algunos dormitaban durante la larga reunión. La trabajadora social en turno tenía mucha experiencia y nos manejaba como a niños expulsados de la escuela para siempre, reprobados en la materia de rendimiento en la rigurosa vida productiva.

Mi salud era buena y era enemigo de pertenecer a esa chusma. Eso me ayudaba a resistir a la enfermedad crónica del parisino: depresión. El gran ejército de los brazos caídos. Ya no hay nada por qué luchar. Tenemos todo. Nadie morirá de hambre ni vivirá en la calle si no quiere. Yo era candidato para terminar aplastado por el control infalible de la ayuda social. Vivía en la capital de un país con una democracia ejemplar construida gracias a su política migratoria magnánima. Bienvenida la mano de obra barata. París era deslumbrante, pero no me tocaba nada de su legendaria bohemia artística que emigraron allí. Tenía claro que yo no era Orwell, Hemingway, Fitzgerald o Henry Miller. Ni hablar de Vargas Llosa y Carlos Fuentes. Puro postín y coctel. Yo vivía en un departamento amplio y limpio como una sacristía con gusto penumbroso, atiborrado de muebles antiguos. Nadie con quien dialogar. La fórmula infalible para apagar la voluntad. Solo deambular por la calle sin propósito alguno me daba ánimos.

—Es mi realidad, licenciada, por eso le dije a su asistente que me hiciera el favor de depositarme lo del premio, con eso compro un boleto de avión a México. Tengo casi cuatro años que no voy —dije casi suplicando a la funcionaria de literatura mexicana.

—¿Qué haces allá? ¿Estás becado?

—Por el RMI. Es el apoyo económico mensual del gobierno para los desempleados. Apenas obtuve los papeles de la residencia legal. Me casé con una francesa.

—¡Ay, qué romántico! Qué interesante historia. Conozco bien París. Qué padre vivir allá, ¿no? Pues, mira, déjame ver qué podemos hacer, ¿podrías pagar aunque sea medio boleto?

—No creo.

—Bueno, amigo, te dejo, tengo muchas cosas que arreglar. Estamos en contacto. Felicidades.

A la semana siguiente la asistente llamó otra vez. Tuve insomnio todo ese tiempo. Me quemaba el cerebro lleno de dudas y temores. Estaba a diez días de recibir un premio como escritor. Era absurdo. No lo creía. ¿Tendré que dar un discurso? El ruido deambulaba por el departamento a toda hora, sobre todo, después de medianoche. Esther refunfuñaba a solas con la tele prendida mientras cocía en su máquina industrial. Abría y cerraba a portazos para colgar y descolgar ropa suya en los closets instalados a lo largo de la mitad del pasillo que terminaba en nuestra recámara, al extremo opuesto del enorme departamento de los HLM. Renta baja para toda la vida. Calefacción, luz eléctrica subsidiada, si compruebas tu desempleo, y bajos ingresos. Esther se iba vestida al seguro social de la zona cada tres meses con ropa raída para dar la pinta. Tenía a la mitad del pasillo closets atiborrados de ropa y zapatos ordenados para cada temporada. El atuendo fantasmal como testigo de mi presencia indeseable en ese claustro de amargura.

Esta vez la llamada fue muy breve.

—Le pagamos el boleto de avión de ida a México, ¿cómo la ve?

—Increíble, muchas gracias. ¿Cómo le hacemos?

—Recoja el boleto en una agencia de viaje en esta dirección.

Era una agencia de *Nouvelle Frontiere* cerca de Montparnasse.

V

Me fui solo al aeropuerto durante la madrugada. Llevaba cien euros en mi bolsa. Margot excusó un ataque de sus migrañas para no acompañarme y siguió dormida. Esther estaba en bata en la cocina, vigilaba mi partida bajo el pretexto de que buscaba algo en la alacena a las cuatro de la mañana. No se cerraba bien la bata y, como no queriendo, dejaba asomar las piernas y algo de su ropa interior de jovencita. No me despedí. Me fui en metro hasta el Charles de Gaulle. Mi vuelo era a las diez de la mañana.

El día anterior, y parte de la noche antes de dormir, Margot empezó a quejarse de su madre. "Ya no quieres regresar, ¿verdad? Me encantaría ir contigo otra vez". Antes habíamos vivido otra pesadilla un año y medio en México. La mitad de la estancia arrimados en el departamento pequeño en Coapa de mi hermana Lucía y su familia.

Margot hizo todo lo posible por abandonar un país donde la trataban mejor que a mí. Rubia y extranjera, con dulce acento en su español perfecto. Era mi segundo intento serio por dedicarme a escribir. Comencé a publicar en revistas y periódicos nacionales. Publiqué mi primera novela con una editorial marginal y tuve la suerte de que la leyera un brillante ensayista mexicano que escribió una reseña sobre mi ópera prima. Margot tenía trabajo bien pagado como maestra de francés para oficiales de la Marina, querían darle un cargo de teniente. Mimos por todas partes. Prefería a su madre y a su hermana. Tres horas diarias al teléfono de larga distancia para hablar con una y otra. El resto del tiempo agotada por la migraña, por el transporte, por la comida mexicana. Nada le complacía, pero a todo le entraba, sobre todo si había drogas. Mi hermana Olga se convirtió en su "madrina" de cois. Así nombró Margot a la ficha mayor de la familia. Una mula de seises. Yo ponía el chupe y Margot hacía de comer. Desde que conocí a Margot padecía migrañas frecuentes. Eso nos obligó a regresar a París en nuestra primera estancia en México. Ella se fue primero y la alcancé tres meses después.

Esta vez, Margot estaba incrédula. ¿Cómo? ¿Cuarenta mil pesos? Los días previos a mi partida, coqueteaba con la idea de que vendría conmigo y ella pagaría su boleto. Sabía que se lo iba a pasar muy bien con mi dinero. Se soñaba paseando en la Samaritanne y en plazas comerciales. Ella y su madre eran adictas a los saldos de temporada. No le dije nada y, en los días previos a mi partida a México, me hacía el importante revisando cuartillas que estaban reescritas hasta el cansancio. De costumbre iba a la biblioteca del Pompidou a escondidas. Les decía que iba a buscar trabajo. Era un remanso de paz. Leía y aprendía francés en audiolibros entre vagabundos borrachines que ocupaban las sillas, se dormían sobre las mesas colectivas y se tiraban pedos sonoros. El clima propio para mí: nublado y lluvioso. Leía novelas en inglés, y en algún momento tuve la urgencia de hacerlo en mi idioma y descubrí a Sergio Pitol y a Benito Pérez Galdós. Leí todo lo que encontré. Conocí estudiantes y emigrados latinos de ambos sexos que estudiaban en la Sorbona. Casi todos con beca. Los mexicanos chillaban por su México lindo y querido. Se vendían como zapatistas y algunos vestían jorongos y cubremontañas. Se disfrazaban de pobres. No podían trabajar porque les quitaban sus becas. Margot me los presentó. Ella estudiaba Morfosintaxis Española. Quería escribir una tesis de maestría en español sobre literatura mexicana y la influencia de Aragon. ¡*Merde*!

Esperaba a Margot después de mediodía en algún café cercano a la universidad. Nos encontrábamos a las estudiantes que Margot me presentó y otras que conocí de paso. *Salú, Salú, comment ça va? ça va.* Todo muy casual. Compartíamos la mesa y yo pagaba los expressos. *On y va?* Vamos. Otro café cercano. *Une petite bière*, y a veces, luego de pagar la cuenta, discretamente me invitaban a sus cuartuchos de pensión. No se bañaban muy seguido y usaban el suelo como armarios para su ropa, libros y utensilios de cocina. No se depilaban los sobacos ni el chocho. Francesas, marroquíes, españolas y sudamericanas. Estas últimas con ínfulas de ser infantas. Luego de coger nos dábamos cuenta que nos repelíamos sin saber por qué. Frustrados siempre.

Yo no sabía que Esther me vigilaba en sus ratos libres. De pronto, una noche tomando café en casa los tres, la arpía soltó lo que había visto. Cafés, domicilios. Margot no mostraba celos, pero me trataba como un extraño. "Juan no te merece", replicaba a su madre. Me sentía humillado sin *mea culpa*.

VI

En el aeropuerto de México me esperaba mi hermana Lucía y sus hijas. No les vi mucho entusiasmo. Así es mi familia, solo se desatan cuando nos ocurre una tragedia. Les daba curiosidad por qué había regresado de pronto. No les dije la razón por teléfono.

Las puse al tanto en lo que íbamos al estacionamiento por el coche. Mi hermana dijo:

—Qué bueno que estás aquí.

Se las olía que algo no iba bien. Durante la cena, se me ocurrió que pasáramos en Acapulco el Año Nuevo toda la familia. Mi cuñado se animó de inmediato. Fue a la tienda por un Bacardí y mezcladores. Nos acabamos la botella sin invitar a los demás. Brindis interminables por mi regreso, el premio y Acapulco. Margot estaba borrada en la celebración. Hicimos planes y mi hermana consiguió la renta de una casa enclavada en un cerro cerca de Caleta.

En una semana yo volaría a Chihuahua con viáticos pagados para recibir el premio en una ceremonia en presencia de los jurados y alguna autoridad local. En aquel entonces los veía como sacerdotes. Estaba a punto de iniciarme en la logia de los escritores. Años después me di cuenta de qué se trataba este asunto. Premios no precisamente por la calidad, tráfico de influencias, grilla y recomendados por todas partes, de eso podía depender tu fracaso como escritor y, por qué no decirlo, todo alrededor. Funciona igual que la mafia siciliana: todos saben quiénes son los capos y sus subalternos, pero ocultos en su *Omertá* aparentan su vocación por las letras y eliminar del mapa a los indeseables. Mario Puzzo trasladado al priismo literario.

Yo estaba resignado a seguir buscando chambillas, pero ya no en París y solapado por el RMI. Mi vida marital ya iba en picada al abismo y no tenía nada más que perder.

Subí al avión a Chihuahua. Me tocó un asiento a la mitad del pasillo junto a la ventana. Poco antes del cierre de la puerta para despegar, subieron como prófugos tres pasajeros. Los de adelante eran una pareja. Hombre y mujer melenudos, playeras negras estampadas con el rostro de "Edy", el monstruo panteonero entenado de Iron Maiden, bermudas y botas para *camping*. El tipo jalaba detrás de él una maleta enorme con ruedas y, al parecer, pesada. Detrás venía una mujer que alzaba el cuello para localizar su lugar. Cabellera negra, larga y risada con mochila al hombro. La pareja siguió su paso apresurado hasta el final del pasillo. Y en el asiento a mi lado se dejó caer una jipi madura exhausta. Puso su mochila en el asiento desocupado entre los dos y me dirigió una sonrisa como saludo. Devolví el saludo con una mueca de boca de *Don Gato* y luego me hice menso mirando por la ventanilla con *El derecho a la pereza* en mis piernas. La compañera de asiento, sofocada, me preguntó si yo era el ganador del premio. Volteé como si preguntara por un Nobel. "Qué gusto, yo soy una de los jurados, soy Juzzara De Vega". Su acento sonaba raro. Brasileña nacionalizada mexicana. Académica de alguna universidad pública, no recuerdo cuál. Maestra y periodista de temas sociales. Yo no tenía ninguna referencia de ella. Platicadora y curiosa de mis haberes. Me veía a los ojos sin perder detalle de mi semblanza breve a la Oliver Twist.

En cuanto pude me hice el dormido. Cuatro horas después, en la sala de llegadas, un tipo de traje azul, con corbata y botas rancheras, nos esperaba en la salida. Sostenía con ambas manos, a la altura de la barriga, una cartulina blanca rotulada con nuestros nombres: José María Servín e Isabel de la Vega. Traía una camioneta van que olía a muchas trasnochadas. Una hora después nos instaló en un hotel con tres estrellas de la época de Echeverría, en el centro de la ciudad. No me habló para nada. Solo se dirigía a mi acompañante. Viuda, según me enteré durante el camino.

Subimos en elevador cada quien a nuestras habitaciones, vecinas una de la otra. Abrí primero mi puerta y, en lugar de abrir la suya, la doña se quedó parada en el quicio de mi habitación. Seguía contándome sus actividades académicas y compromiso con el periodismo social. Yo no manejaba su jerga marxista ni me interesaba gran cosa. Apenas me di valor para cortar su rollo:

—Bueno, al rato nos vemos para la comida.

Poco faltó para que la apachurrara con la puerta; como no queriendo, doña Juzzara obstruía, con medio cuerpo metido dentro.

Una hora después ya estaba tocando a mi puerta. Venía bañada, perfumada, con ropa fresca y sandalias con plataforma como si Chihuahua fuera Mazatlán. Afuera, en la calle, pegaba un sol quemante y aire frío. El clima nos enseña mucho sobre el temperamento y hábitos de la gente.

Nos acompañó al restaurante del hotel el mismo funcionario. No se dignaba en hablarme directamente y se dirigía con indirectas:

—Este premio lleva muchos años y lo han ganado escritores muy buenos, con renombre casi todos.

Hablaban él y la jurado como si se conocieran de toda la vida y yo estaba de metiche. Tenían en la punta de la lengua a las vacas sagradas del politiburó de las letras mexicanas. Disimulé mirando a la calle, a través del ventanal a mi izquierda, mientras tomaba una cerveza tras otra.

—Amigo, te quiero recordar que las bebidas alcohólicas no están incluidas con los alimentos.

—Ya me lo imaginaba.

—Ay, no, cómo crees —intervino ella—, yo te invito lo que quieras. Eres el ganador, tenemos que celebrar. Y pidió un tequila para ella y otro para mí. Pues a darle que hay mole, decía mi padre.

El funcionario se quedó callado con la vista fija en su botella de cerveza.

Quizá mi atuendo no era para la ocasión: camisa hawaiana de algodón muy fino con flores rojas, saco de cuero negro algo gastado, lentes oscuros, gruesos de pasta y con aumento, a la José Feliciano cantando *C'mon baby light my fire*, sombrero fedora, veraniego, gris y Converse negros de bota. Todo cortesía de Margot, adquirido en un mercado de pulgas. Un prole estiloso fan de los Black Panthers. No me había dado cuenta de que me estaba convirtiendo en un engendro de hípster como los que años después brotaron como hiedra en la Ciudad de México. Después de acabar con un *rib eye* duro y unas papas fritas remojadas en aceite, se me ocurrió decir que tenía que ir a mi habitación y me escabullí a la calle para dar una vuelta antes de la premiación. El centro estaba lleno de zapaterías especializadas en botas vaqueras de todos los colores, diseños y pieles exóticos. Cinturones y huaraches piteados caros. Las botas más finas tenían en la punta, la cabeza de una serpiente cascabel; otras, trompas de crías de cocodrilos. Según yo, eso estaba prohibido al menos en Estados Unidos, y alguien me dijo que en las aduanas terrestres destruían las botas con tijeras y navajas. Era el sexenio del pelmazo de Fox.

La ciudad desprendía un aire hosco. Cantinas climatizadas como refrigeradores. Burritos deliciosos y cervezas heladas. Gente parca y música ranchera en todas partes.

De regreso al hotel, ya me esperaban a la entrada. Me llevaron en una camioneta distinta al palacio municipal. La ceremonia era a las siete. Yo traía doscientos pesos en mi cartera, pero confiaba en que me darían el premio en efectivo al momento. Los perdedores caemos fácilmente en el pensamiento mágico y nos encomendamos a la buena suerte, otra variante del autoengaño que nos impide aceptar lo que somos.

Juzzara no iba con nosotros, avisó que llegaría por su cuenta. En el camino, me distraje imaginando lo que haría con mi dinero. Otra vez lo mismo. Un bienestar que nunca había conseguido. Según yo, mi neurosis irritable no se debía a ser un prángana que acepta desaires y mofas como parte de su ruta de vida. ¿Cómo podía disfrutar los placeres mundanos? Henry Miller decía que todos estamos condenados a vivir en nuestro propio infierno.

Durante la presentación informal previa a la ceremonia, el presidente municipal y sus funcionarios culturales no disimularon su desdén por mí apariencia. Yo estaba cauteloso a lo que habían preparado a la altura de su evento de postín. Iban de traje y botas; las edecanes y empleadas: como vendedoras de Sanborns. Detrás del podio había una bandera del estado de Chihuahua y otra de México, entrecruzadas. La luz blanca no alcanzaba a las últimas butacas de ese auditorio apocado y vacío. En algunas bardas callejeras que regularmente anuncian bailes masivos y propaganda política, vi pintas de "Haz patria, mata un chilango". Lo que provocó el terremoto de 1985 en el D. F. La diáspora capitalina a todo el país. Y yo que creía que eso solo pasaba en Acapulco. Por alguna razón, no me sentí amenazado. Quizá porque la gente a mi alrededor se veía más insignificante que yo.

Apenas y se dieron tiempo para decirme que de los tres jurados sólo vendría la doctora De Vega.

Media hora después llegó con el cabello húmedo, vestida elegante con blusa verde escotada para mostrar su pecho pecoso, maquillada discretamente y aroma de perfume fino, una Elis Regina. Me plantó un besote en el cachete y trató a los funcionarios de película de ficheras como sus gatos. Recibí una lección de autoestima y clase social.

—¿A poco eres tú? —dijo el director de cultura local tipo Briagoberto Memelas cuando me presentaron al último.

—Sí.

—Pos bienvenido, amigo. Se va a llevar su premiesote.

Le iba a dar las gracias, pero me detuve. Lo dijo como si fuera de su bolsillo. Otro incondicional del erario público que a los artistas nos ven como vividores y mariguanos. Yo era su Avelino Pilongano. Y sí, pero hay sus asegunes. Yo era holgazán cuando se podía; aprovechado, nunca. ¿Vividor de quién si mi círculo social era de personas que andaban en las mismas que yo? Vivíamos con muy poco y con ambiciones reprimidas. Éramos pobres hasta en nuestros sueños. París me exprimió y yo no sabía sacar provecho de las apariencias. Pero trabajaba mucho en mi fracaso. Me enseñó a adaptarme. Me daba miedo salir de mi espacio. En el fondo quería que todo me saliera mal porque era mucho más fácil. Fortalece el ego del que se asume víctima heroica.

Vivía sofocado, un síntoma de mi enojo contenido; tengo un hocico terrible. Era incapaz de seguir las conversaciones con la doña nacionalizada chilanga, no manejo la inteligencia emocional, y si hay otra, tengo poca.

Extrañaba la compañía de Margot y que presenciara este salto de garrocha impredecible que me impulsaba, ahora sí, como escritor. Le valió madres, ni siquiera me felicitó. Sabía mucho sobre psicoanálisis, había pasado años en terapia. Mis inquietudes la aburrían, aunque al principio se entusiasmaba. Tradujo al francés mi primera novela e imprimió tarjetas de presentación como mi agente literario. Entregamos en persona el manuscrito a editoriales que publicaban autores latinoamericanos; no obtuve una sola respuesta. Margot comenzó a dudar de mi ilusión culposa. Una mujer que había nacido con las ventajas de un país opulento y culto con una ayuda social que protegía a los "necesitados" para convertirnos en parásitos. Carajo. Y yo rogándole. Disculpándome hasta por lo que hacía bien. Necesitado de aprobación todo el tiempo.

Así había sido la mayor parte de mi vida. Por lo bajo, me reía divertido de las cuitas de algún paisano emigrado ya con apoyos gubernamentales. Conocimos a un pintor en su estudio enorme, de dos pisos a todo lujo subsidiado por el ministerio de cultura francés. Otro aprovechado dizque en resistencia contra el capitalismo opresor. Se decía zapatista, lo de moda. Como él, muchos más regresaban a México al cabo de los años. Nunca habían trabajado como asalariados ni se esforzaban para ganarse lo más básico para sobrevivir. Margot me presentó a un venezolano. Era parte del coro de la sinfónica del Observatorio. Vivía como rata en un cuartucho maloliente. Siempre andaba en calzones y se quejaba todo el tiempo de la falta de oportunidades. Tripón y gay, se dopaba con ansiolíticos y mota. Una vez se quedó dormido en su silla durante un ensayo y lo corrieron.

En París era común encontrar tipos como él que iban al psicólogo gracias al seguro médico gubernamental, tenían estudios en la Sorbona o en escuelas de arte. Viciosos disfuncionales, becados en su país. Se conocían entre ellos y, aunque se repelían, se ayudaban para relacionarse y avanzar en el gremio.

Ahora estoy en el aquí y el ahora en el Flamingos, inmerso en mi pasado no tan reciente mientras termina la ceremonia de premiación a *Periodismo Charter*. Aquel era otro yo, asustado en un auditorio.

Saludo de manos. Discurso oficial del director de cultura y de la jurado. Yo no dije nada que recordar. Juzzara me abrazó efusiva y esperó a que el chalán nos llevara de regreso a cenar al hotel. Decidí sentirme contento como celebridad al vapor. Comencé a beber, ajeno a la conversación entre el chalán entendido de asuntos literarios institucionales, la doña esplendorosa y una funcionaria del instituto cultural local que, como yo, hacía el papel de invitada de piedra. Quién sabe cuál era su cargo. El chalán de lujo invitó los tragos como advertencia magnánima de que más tarde nos esperaba el director de cultura para jugar dominó en su casa.

—No voy a ir.

—Es una invitación para usted.

—Gracias, pero no me gusta el dominó, prefiero ir a conocer la ciudad.

—¿Qué quiere ver? No hay nada abierto a estas horas. Algo habrá.

—Puede ser riesgoso, ai usté sabe.

Se me quedó viendo a los ojos. Sabía qué buscaba yo.

—Me encantaría acompañarlo —dijo, pero no puedo caminar mucho, me canso.

—Son dos o tres bares y ya —respondí envalentonado a medios chiles.

Sin nuestro consentimiento, el tipo firmó la cuenta y se despidió como si nada. Tomé mi saco de la silla y me despedí de la doña y la funcionaria tan amablemente como pude, ya con las sienes en combustión por el tequila. Juzzara esperaba que la invitara y, como no lo hice, me interrogó sobre mi plan como una esposa preocupada por el marido parrandero.

Me tenía que regresar al otro día de la ceremonia, por la tarde, crudo. Desperté temprano. Llamé al funcionario para decirle que me gustaría quedarme un día más. Dijo que iba a consultar con el director si podían ampliar mi estancia, pero en otro hotel. Podía cambiar mi vuelo con poco dinero. Me quedaba algo de morralla, el resto lo gasté en un bar desanimado que encontré cerca del centro. Los parroquianos, rancheros solitarios dispersos en las mesas, tomaban Tecate en botella, una tras otra, parecían de palo. Tardó en atenderme la mesera. Cuatro cervezas después, me largué de regreso al hotel. Pregunté a unos lugareños si sabían de un buen lugar abierto donde beber. "No, aquí no hay nada a estas horas".

La doña me marcó al teléfono tres veces desde las ocho de la mañana. Nadie más me buscaría. No contesté y bajé ya bañado a desayunar en el restaurante del hotel a eso de las once de la mañana. Poco después, Juzzara atravesó el *lobby* directo a mi lugar, atravesando la puerta de vidrio de la entrada. Me saludó muy sonriente, me plantó un besote en el cachete y acarició mi cabello aún húmedo.

—Qué tal anoche, ¿eh? Te estuve esperando hasta tarde, pero me quedé dormida. Tenía un poco de macoña.

—Ah, mira. ¿Me esperaste fumando mariguana?

Soy un idiota y podía ser aún más.

—No podía dormir y estuve leyendo tu manuscrito otra vez. Es maravilloso.

Parecía una luna de miel célibe. Prendí la alerta amarilla.

—Hoy te vas, ¿verdad? —pregunté para desviar el tema.

—Sí, en una hora pasan por mí para llevarme al aeropuerto. ¿Tú también?

—No. Quiero quedarme otro día para ver bien la ciudad y espero la respuesta del secretario de Cultura, si puede extender otra noche de hospedaje. Pero es mala idea porque no tengo dinero, pensé que mi premio me lo darían anoche.

Soltó una carcajada y me miró con ternura.

—¿Quién te dijo eso?

—Nadie.

—Te puedo prestar quinientos pesos. Es todo lo que tengo. Me pagas cuando te den tu premio. Me hubieras dicho a tiempo y me quedaba a acompañarte. Me encanta caminar.

—Muchas gracias.

—Tenemos que ir a sacar dinero.

Un viacrucis. Al cuarto intento encontramos un cajero que sí funcionaba. Con cierta pena extendí la mano para recibir cinco billetes nuevecitos.

—En cuanto pueda, te lo regreso.

Me plantó otro besote cerca de la boca y me tomó de la mano como a un niño para regresarnos a la entrada del hotel.

—Dame tu teléfono, porfas.

Lo apuntó en mi libreta con señas precisas para llegar en transporte público a la dirección de su domicilio en San Jerónimo, cerca de un hospital del IMSS.

Ya no hablamos más en el trayecto. Me sentía incómodo ante lo que veía avecinarse en unos días luego de que me depositaran en la cuenta de banco de mi hermana.

Antes de subirse a la camioneta, mi benefactora me susurró al oído.

—No pierdas mi teléfono.

Saqué de nuevo mi libreta para asegurarle con un escalofrío de testosterona y miedo que tenía sus datos.

¿Cómo sabía si le iba a regresar su dinero? Parecía muy ingenua esa mujer madura, educada y plena, pero que no me atraía. Mi mente estaba en otro lado y aún guardaba la ilusión de que volviéramos a estar juntos Margot y yo, lejos de su familia.

En cuanto se fue mi acompañante, regresé por mis cosas, y en la recepción tenía un recado en un papelillo. Era el teléfono del chalán de la secretaría para que le llamara de inmediato. Lo hice ahí mismo.

—Servín, que bueno que llama, ya nos íbamos.

—¿A dónde?

—A descansar, es sábado.

—Es la una.

—Si, ya sé. Oiga, me dice el secretario que lo podemos apoyar con una noche más. Busque un hotel baratón y me habla a este mismo número para arreglarme con el gerente.

Visité varios hoteles cercanos de medio pelo y rascuaches, en todos me decían de mal modo que no había habitaciones disponibles. En uno de ellos encontré dos sujetos con pinta amenazadora custodiando la entrada. Vestían estilo narcopollero cliché sin sombreros rancheros: pelo muy corto, botas picudas adornadas en varios colores, camisas de manga larga de tela sintética ligera con estampados garigoleados, uno de ellos traía pistola con la cacha asomando discretamente bajo el cinto piteado, malencarados, me cachearon con la mirada. Pasé de largo entre ambos hacia la recepción con los huevos encogidos. El encargado me dijo que había dos habitaciones disponibles. Lo seguí a un extremo del patio en la planta baja rodeado de cuartos para subir por escaleras al único piso con habitaciones y balcón oval rodeando todo el piso con vista al patio. Arriba algunas puertas estaban abiertas, hombres de todas edades se hacinaban en cuartos diminutos, hediondos a humores, había estufillas eléctricas prendidas con sartenes friendo el rancho, tendederos, radios portátiles a todo volumen con música ranchera. Los tipos con el torso desnudo, en calzoncillos o bermudas con sandalias de hule. Morenos, taimados, estatura media o baja, algunos con gesto de matasiete. Había mujeres echadas en la cama, en el piso y otras asomadas por el barandal.

Salí de prisa, luego de agradecer el tour, y a la entrada uno de los polleros me preguntó cuánto tiempo me quedaría.

No sé, estoy viendo. Quédese, no le va a pasar nada. Luego me ignoró mirando hacia dentro. Seguí apresurado. Fui a ver la vieja prisión, un edificio histórico aún en funciones. Había custodios con armas de alto calibre a lo alto de la barda que daba directo a la calle. Me sentí fastidiado de otra de mis malas decisiones. En la calle, en dirección al norte del centro, encontré un hotel discreto que tenía disponible una habitación muy limpia pero sin aire acondicionado ni ventilador. Ni hacía falta bajo el clima soleado y frío, sobre todo a la sombra. Lo tomé y le pedí a la recepcionista el teléfono para llamar al funcionario.

—Páseme a la encargada —dijo él.

Hablaron un momento, y cuando ella colgó, me hizo firmar un libro de visitantes y dejar una identificación. Le di mi pasaporte lleno de sellos aduanales. Viajero del purgatorio. Me condujo por las escaleras al primer piso, ahí abrió un cuarto con una cama individual y lavabo.

—El baño está afuera —dijo y señaló al final del pasillo. Me dio la llave y se fue.

A los pocos minutos, sonó el teléfono de la administración. La encargada gritó mi nombre y fui a contestar. Era el funcionario.

—¿No se quiere quedar en otro lado? —me preguntó.

—No hay otro, en todos los hoteles dicen que no hay cupo.

—Ta raro. Deje investigo y le aviso, hay un buen hotel baratón en el meritito centro.

—¿Y por qué no me dijo antes? ¿Por qué no me dejaron donde me hospedé al llegar?

—Es muy caro. Ahorita lo arreglo.

Al día de hoy sigo esperando su llamada.

VII

Apenas reconocía la zona donde me hospedaron mis anfitriones.

La unidad habitacional Narciso Mendoza, construida en 1968 por el gobierno en unos ejidos en Villa Coapa, sirvió como alojamiento a las delegaciones deportistas visitantes durante la olimpiada de aquel año. Eran ejidos aplastados por urbanizaciones similares y fraccionamientos residenciales, plazas comerciales y avenidas monstruosas congestionadas a toda hora. El milagro mexicano atrapado en el tráfico de sus aspiraciones.

La unidad reproduce el funcionalismo geométrico de la arquitectura brutalista, cruda, rígida y disciplinaria, impulsada por Europa durante la posguerra como respuesta ideológica de los gobiernos vencedores.

Los condóminos se enorgullecen de ser parte de la clase trabajadora que vive de créditos. Padecen la delincuencia común a toda la ciudad. Los une y separa sus prejuicios sociales y raciales que determinan su convivencia entre vecinos.

Lucía y Yayo rentaban un departamento del esposo de Rosa María. Era un tira y afloja bilioso por el aumento de la renta anual.

En cuanto me instalé abrí una cuenta bancaria y pagué mi deuda con Juzzara. Días después fui a verla a su casa y pasamos un rato en un cómodo sofá de su amplia sala. No quería recibir mi dinero, pero lo dejé sobre la mesa de centro. Fumamos macoña muy potente que Juzzara sacó de un cajón de la cocina. Cada vez hablábamos menos, ella muy cerca de mí. Me sentí un idiota hablando de Margot mientras Juzzara descansaba la cabeza en mi pecho fumando sin parar. Logré huir gracias a que de pronto llegó de la calle su hijo adolescente. Mostró sorpresa y cierta molestia por encontrarnos abrazados bien grifos. Apenas pude presentarme. Me despedí de inmediato, y el regreso a Coapa fue un viaje paranoico que terminó mi romance acobardado.

Fuimos al domicilio de la arrendadora para apartar la casa de vacaciones. Lucía había hecho el trato por teléfono. Pagamos por adelantado en efectivo y sin contrato por cinco días. La dueña nos enseñó fotos mientras presumía su propiedad y otras más. Era desconfiada y atenta a que no la estafáramos, pero no garantizó nada. No había devoluciones. Entregó el manojo de llaves y no volvimos a saber de la señora.

En la víspera de Año Nuevo, muy temprano en la mañana, viajamos seis en el coche de la familia, un Topaz azul bastante rendidor. Cinco chilangos y una parisina que ya había adoptado algunas de nuestras costumbres. Margot me alcanzó el Día de los Inocentes.

La cajuela iba retacada de maletas y despensa. Desayunamos tortas y refrescos durante el trayecto. Margot se sintió indispuesta toda la ruta. Nos amenazó con un ataque de migraña incurable.

Pagué con efectivo las casetas y gasolina, mala idea de salir en bola, pero era la primera vez que iba con dinero suficiente. Cada vez que sacaba mi cartera recordaba la pregunta que mis padres y mis hermanos mayores nos hacían a Eduardo y a mí en nuestra infancia para mantenernos a raya: "¿Traes feria?". La respuesta era obvia. A callar y obedecer.

A eso de las cinco de la tarde circulábamos por la costera Miguel Alemán, luego de pasar horas atrapados en una enorme fila de coches en el túnel de entrada a Acapulco, por un bloqueo de ejidatarios contra un despojo de tierras. Íbamos abotagados por el calor y el tedio dentro del coche.

La "residencia de descanso para familias" tenía un solo piso en desniveles. Un balcón mirador desde donde se asomaba debajo la urbanización de otras casas y al frente el mar a la altura de Roqueta. Jacuzzi al aire libre. No funcionaba. Margot encontró el modo de echarlo a andar de inmediato. Tomó un cuchillo de mesa como desarmador y unas pinzas de electricista que encontró en la alacena, con eso destrabó el flujo del agua desde una cisterna hacia las llaves. Tenía esa habilidad heredada de su padre para hacer talachas caseras como una profesional.

Al principio salía el agua fría, pero Margot hizo algo en el boiler y al poco tiempo salía tan caliente que ella se pasó un rato regulando la temperatura. Yo no me acerqué a ayudar ni descargué la despensa que traíamos de la Ciudad de México, tampoco me ofrecí de chalán de mi esposa.

Entré a nuestra recámara con una ventana pequeña y oscura. Estaba al final de un corredor. Cada quien se metió de prisa en alguna de las habitaciones antes de meterse al jacuzzi frente al mirador de la bahía.

Acomodé mis camisas hawaianas y elegí una para unirme a la reunión. Sentía el peso de mi desarraigo arrullado por el canto de los grillos. Como si yo fuera uno más de ellos para atraer a Margot y marcar mi territorio para partirle la madre a tanto resentido que me envidiaba por tener una esposa extranjera y rubia.

La casa estaba ubicada a la mitad de un cerro invadido de viviendas. No tenía más lujos, excepto luz eléctrica, agua corriente a todas horas y el jacuzzi con sarro. Lucía se puso a preparar sándwiches de atún y jamón. Yayo y yo empezamos a entrarle a las cervezas frías que compramos en una tienda de camino. El refrigerador vibraba del motor como un coche viejo. Goteaba del congelador por un hoyo trasero de la base corroída.

Para mí los atardeceres presagian una tragedia que a veces nos perdona.

Margot reapareció muy fresca y bañada. Presumía en la entrepierna un tatuaje de colibrí con el pico apuntando al coño. Se alcanzaba a ver bajo su pantalón de mezclilla viejo, recortado tipo bikini, que se quitó para andar en traje de baño antes de echarse al jacuzzi. Presumía sus piernotas torneadas en un cuerpo pequeño y carnoso. Tendía a la obesidad y no tardó en aumentar de peso con la comida mexicana. Mis sobrinas estaban fascinadas. Lucilita, una niña cariñosa y pícara, no se le despegaba. Margot cumplía con la imagen francesa de liberal. Por un momento me sentí cosmopolita.

Un naco cosmopolita. Me dediqué a cumplir con sus antojos. Chazo, ¿me puedes pasar una cerveza?, Juan, ¿me pasas las botanas?, Juan, ¿has visto mi toalla?, Chazo, ¿qué vamos a cenar?, ojalá y no sean sándwiches otra vez. Chazo para aquí, Juan para allá, según sus caprichos con tono de que estaba a punto de desfallecer.

Con la familia era encantadora. Bromeaba a carcajadas, se abrazaban, cantaban canciones tradicionales mexicanas que Margot se sabía con su vozarrón bien entonado. Ya la habían adoptado desde nuestra estancia anterior y todo mundo me advertía de no ser majadero con ella.

A gusto en la playa. Nadie me acompañaba a los cajeros por más dinero. Iba a pie dos o tres veces al día, caminando bajo el calor abrumador. Todo por tacaño y administrar inútilmente un dinero más modesto que el que gané en Estados Unidos.

Ahora, era MI PREMIO. Cuarenta mil pesos. No me hacía feliz derrocharlo para compensar mi fracaso. Según yo, eso había terminado en París.

En realidad, el mundo no tiene lugar para tipos como yo, a menos que destaquen de la medianía marcada por su proceso vital. No nos gusta nada, generalmente somos unos renegados ajenos de todo, a menos que alcancemos la fama, algo raro. Egoístas, holgazanes como principio moral, desconfiados, tiquismiquis, narcisistas, quejosos, solitarios (los de a de veras) y, al mismo tiempo, adaptables para relacionarnos a conveniencia con la vida real que nos nutre, sí, somos unos oportunistas por más que saqueamos nuestros pesares. Yo había luchado a brazo partido para ser escritor.

En París me encontré con que el estado francés apoyaba a artistas con trayectoria. Emilio Lima me presentó un par de pintores con pinta de yonquis. Uno era historiador y el otro lingüista. Escribían novelas y al hablar presumían su erudición pedante. Recibían un generoso financiamiento del Instituto de las Artes, o algo así, que incluía para cada quien un estudio de dos pisos gratuito, por un año renovable, al norte de la periferia de París. Su barrio parecía un anuncio de Benneton. Migrantes de segunda y tercera generación bien asimilada a la cultura callejera francesa. A simple vista, se notaba una sofisticación bohemia en las calles. Cafés, galerías, librerías, bares ambientados con el barullo de una Babel de lenguas y sonidos musicales de vanguardia pop.

Los artistas que Lima me presentó, uno finlandés y el otro vietnamita, vivían solos, pero tenían relaciones abiertas con mujeres francesas dedicadas a lo mismo de manera más discreta como representantes de sus parejas.

Por lo pronto, de vez en cuando yo conseguía trabajitos "negros".

Una noche llegué con novedades a casa:

—Conseguí trabajo.

Margot me esperaba a cenar luego de que yo regresara de mis clases nocturnas de francés para adultos en una escuela pública. Ir y venir me llevaba una hora a pie. Las clases eran por la tarde tres veces a la semana.

Asistía a un salón de casi cincuenta estudiantes, chinos en su mayoría, y entenderles durante los ejercicios de expresión oral era, por decir lo menos, exasperante: *Bonyul, comjavá monsiul?*

Había algunos rusos, húngaros y polacos malencarados, ellos y ellas. Parecían ser prófugos de un gulag. El principal problema de los latinoamericanos era su indolencia y baja escolaridad. Todos aprovechábamos las conversaciones para indagar sobre la situación del otro como si fuéramos agentes migratorios. *¿Quesque tufé a Pari? ¿Tué maguié?* Aprender el idioma valía cualquier sacrificio si quería hablar con alguien más fuera de ese departamento de rue Le Dantec en el Distrito xiii. Un barrio repleto de jubilados que era un ejemplo del aburrimiento y la soledad que acompañan a la vejez pensionada.

—Por fin, esperemos que ahora sí sea en serio —dijo Margot al recibir la noticia con un tono de alivio que llevaba una fuerte dosis de reproche. Aceptaba, casi resignada, nuestra situación, aferrada a las supuestas ventajas de vivir en París con los "beneficios" que otorgaba el gobierno a los pobres y desempleados como nosotros, convirtiéndonos, mediante el mentado rmi, en holgazanes y quisquillosos. Mi suegra hurgaba en las alacenas, aparentando como de costumbre que todo estuviera ordenado y sin mermas no contempladas. Pregonaba una vida "austera" y de "sacrificios", pero solo lo aplicaba a los demás, vigilando nuestros consumos de agua, gas y luz, sobre todo; casi a escondidas, despilfarraba el dinerito que le daba el gobierno como "ayuda" por su edad en remates de almacén, comida que se echaba a perder en el refri y material de costura como para remendar la ropa de todos los que pedíamos el subsidio. A pesar de su amargura, Esther se atragantaba con los postres que traía su novio Daniel. Pasaban la noche discutiendo con la boca llena, metidos en la cocina. Era difícil para ellos aplacar el monstruo que surgía del abismo de sus vidas.

Meses atrás yo había conseguido dos chambas ocasionales. Una cuidando tres gatos encerrados en el ático de un vecino, mientras que él viajaba por el mundo como guía de turistas, y otra como conserje en un hotel de paso cerca de casa. Esther me advirtió que tendría graves problemas con el gobierno por aceptar trabajo "negro". Lo peor de todo es que yo sí tenía papeles de residente legal y ni así. Cualquier puesto, así fuera como afanador en una tienda de mascotas, exigía minuciosas cartas a mano de "motivación" y *résumés* especializados con foto y largas esperas para entrevistas con funcionarios de gobierno en las oficinas de empleo que evaluaban los grados de imbecilidad como preámbulo a un entrenamiento que podía durar meses.

La vida hay que inventarla para que no me aplaste, me decía todas las noches antes de dormir. Debajo de mi cama yacía un demonio que pegaba de patadas al colchón para impedirme un sueño tranquilo.

Sobra decir que mis aspiraciones de escritor estaban prácticamente vetadas de cualquier conversación. ¿Quién me creía yo? Esther sabía muy bien cómo joderle la vida a los demás. Niñera de día y rompe huevos en casa. El ruido nocturno de la máquina de coser desde la cocina nos contagiaba el insomnio incurable de la vieja rijosa. Era imposible estar en esa parte del departamento sin su presencia, encorvada sobre su máquina, apretando alfileres con los labios, oyendo noticias en la televisión o en la radio. Yo hacía lo posible por ignorarla, pero Esther encontraba pretextos en los noticieros y *talk shows* para despotricar contra quien fuera. Discutía cualquier tema con la cerrazón de quien busca un oponente a modo. Entre otras sandeces, decía que en la televisión pasaban puras cochinadas para que la gente estuviera metida en los bares. Qué más hubiera querido yo. Me daban pesadillas de mi rostro lleno de alfileres. Despertaba en las madrugadas gritando temeroso de que Esther estuviera a mi lado.

Todo lo que había aprendido no me servía de nada. Era una incógnita para mí mismo y cada mañana saltaba de la cama como si sonara una alarma antibombas. Me veía obligado a mantenerme alerta para no caer en la desesperación absoluta. Pero tenía mucho tiempo solo con mis pensamientos y eso me ayudaba a resistir. Sin darme cuenta, estaba labrando lentamente, bajo mis condiciones, una manera de vivir a mi manera, aunque todo me saliera mal.

Buscar trabajo y evadir a Esther eran mis prioridades cotidianas.

Un compañero de clases, Jeremy, un beliceño, también desempleado pero harto de no hacer nada, me había informado del trabajo. Su esposa lo mantenía con gusto: Amandine era francesa; conoció a Jeremy mientras ella hacía trabajo comunitario en Belice para una ONG. Tenía un empleo bien pagado y, a decir del marido, hacía hasta lo imposible para que su macho exótico no la engañara con otra mujer. Amandine y Margot, a su modo, como muchas mujeres en París, eran unas inadaptadas. Vivían bajo una enorme presión para agradar a los hombres blancos franceses, las envolvía una camisa de fuerza de neurosis. En el caso de Margot, las correas de la camisa eran de su madre.

Los padres de Amandine, según Jeremy, eran millonarios. La ayudaban con sus gastos desde Suiza, ahí radicaban. Jeremy pasaba todo el día con amigos británicos que conoció en un equipo de futbol de la Commonwealth en París. Un australiano manejaba un negocio de mudanzas y necesitaba con urgencia un par de macheteros. El beliceño aceptó de inmediato.

Había que desempacar un menaje de casa proveniente de Boston, propiedad de una de las tantas parejas de gringos que llegan a radicar a París enviados por sus empresas. Jeremy prefería hablar en su inglés machacado con la comunidad de australianos, escoceses y galeses que se reunían en bares, no quería aprender francés.

Llamé al tal Brian.

Me citó a la mañana siguiente muy temprano a unas calles del metro Ópera.

Me esperaba en la esquina de un *bistro*. Era muy alto, delgado, medio calvo y de semblante austero, como de monje; vestía un largo abrigo gris a tono con el clima helado y lluvioso. Caminamos en silencio unas diez calles al oeste rumbo al Boulevard Haussmann. Parecíamos matones de camino a cumplir el encargo. Ya no quedaba nada de esa euforia navideña donde toda la ciudad parecía un almacén de lujo. Desprendíamos un tufillo a sudor de cruda y tabacos rancios, tan familiar a quienes no les preocupa su aseo frecuente. A pesar de todo, no me faltaba nada. En París podía vivir hasta de desechos. A donde iba, todo me aparecía sombrío y morboso. Y, sin embargo, procuraba pasar el mayor tiempo posible en las calles. Me atraía inevitablemente su clima voluble, sus mendigos bien comidos y altaneros, el garbo de las mujeres, aparentemente retraídas, el lujo de los aparadores, pasar horas sentado en una banca frente al Sena.

Llenaba un cuadernillo con apuntes que al paso del tiempo tuve que reconocer que de poco o nada me servía.

Pero recuperaba la energía que me arrebataba justificando mis ausencias y confusión.

Una alarma antibombardeos el primer miércoles de cada mes, a mediodía durante diez minutos, recordaba a los parisinos la ocupación nazi durante la Segunda Guerra. Por momentos, el perturbador aullido parecía recobrar su sentido primario, y yo creía descubrir en los rostros de los más viejos la desesperación y angustia que yo vivía para mantenerme a flote. De vez en cuando, una cerveza en un bar donde se juegan apuestas por televisión. Bajo el pretexto de repasar tranquilo mis lecciones de francés, sobre todo durante el invierno, dos tardes a la semana visitaba la biblioteca del Centro Pompidou. Sentado en una de las largas mesas generales, me enteré, por un danés a mi lado al que le gustaba leer a Faulkner, que en Copenhague había clínicas psiquiátricas donde proyectaban películas porno todos los sábados por la noche debido a que el personal comprobó que la violencia entre los pacientes disminuye al igual que el consumo de tranquilizantes. El danés no supo explicarme cómo habían llegado a semejante descubrimiento.

Qué fatigoso acordarse, con detalle, de los hechos del pasado. La memoria es voluble y mentirosa. Mezcla todo y convierte la melancolía en otro engaño. La memoria vuelve a nosotros como un menesteroso, a veces nos hace llorar llena de arrepentimientos. La mejor prueba de que tu memoria te dice la verdad es teniendo erecciones todo el tiempo y cascártela. La sangre te sube a la cabeza y destapa los recuerdos como si fuera afrodisiaco. Por lo demás, la memoria todo lo retuerce y deforma. Apesta y se viene en el presente. Hay que tener cuidado con ella.

Vuelvo a lo de la mudanza. El australiano parecía contrariado por mi compañía y evitaba la conversación enviando mensajes por su *beeper*. Llegamos frente a un edificio donde a la entrada estaba estacionado un enorme camión de fletes. Recargados en las puertas del flete había dos sujetos que, por decir lo menos, resultaban peculiares aun en una ciudad como París. Se presentaron como escoceses. Les escurría sudor por las sienes y vestían suéter con rayas horizontales bajo sus anoraks. Uno de ellos era muy alto y corpulento, con una espesa barba pelirroja y gesto solemne. Me ignoró. El otro, vivaracho y sociable, se presentó como Teasy; era un chaparro de frente amplia y cabello rizado, a los que la medicina define de "talla mediana": cabezones y musculados; y lo recuerdo bien, sobre todo por su charlatanería, sus bermudas cuadriculadas, botas de estibador tipo militar y su risita permanente que me revelaba a un desquiciado tramposo. Jeremy llegó al último, escuchando música en unos audífonos y con aire de *playboy*. Brian y los escoceses eran desconsiderados, solitarios y duros a fuerza de fracasos, pero se sentían bien porque no conocían otro tipo de vida. Lo mismo daba una catástrofe ecológica que un día esplendoroso, lo importante era aferrarse a una chamba rutinaria y terminar el día con algo de dinero para ir al bar y de putas. Es la tragedia del hombre de a pie: siempre parece sobrar en el mundo que habita.

Las cajas y muebles venían numerados, y había que desempacar y acomodar todo tal y como lo indicaba un mapa de ubicación que Brian consultaba como si fuera la guía Michelin de los macheteros. Nos advirtió, con tono serio a mí y a Jeremy, que TODO era extremadamente caro y que no deberíamos descargar nada sin consultarle a él. El pelirrojo y Teasy eran sus hombres de confianza y ya habían comenzado. Había que subir por las escaleras a un cuarto piso pese a que el edificio contaba con elevador, aunque muy pequeño y lento, sin contar con que teníamos prohibido obstruir el uso de los inquilinos.

A medio día estaba molido y harto de un trabajo que Teasy y el pelirrojo realizaban como si consistiera en jugar *rugby* contra un equipo de bellas mujeres. Afortunadamente, llevaba conmigo una dotación de aspirinas que solía robar del botiquín de mi suegra. Cuando me tocaba ayudarle a uno de los dos con la carga, sentía que iba a vomitar el corazón. Por mi cuenta, procuraba cargar cajas pequeñas y muebles decorativos, como lámparas y mesitas forradas de plástico esponjado. Jeremy se había quitado la playera para presumir su musculatura de cañero, no paraba de hablar y, en algún momento, me comentó que tenía un ofrecimiento para actuar en una película porno. Lo único que me faltaba oír. Quizá sus atributos genitales eran la razón por la que Amandine soportaba a un tipo pagado de sí mismo.

Brian lo amenazó en un par de ocasiones con despedirlo de inmediato si seguía haciéndose tonto en las escaleras o husmeando por el amplio departamento. Lo había sorprendido tirado en la cama, frotándose los huevos sobre el pantalón. Yo también lo sorprendí así. Teasy nos vigilaba de reojo y, de pronto, con sus ojos vidriosos de loco, le sonreía al pelirrojo con gesto malévolo. Iiiiiihehhhee. Teníamos el aspecto de animales apaleados pero dispuestos a más castigo. No fue difícil darme cuenta de que los tres blancos estaban bien crudos, pero no se quejaron durante toda la jornada de nueve horas, con solo un breve descanso para el *lunch*. Yo no llevaba nada, ni dinero, y me quedé en ayunas sentado en las escaleras del pasillo.

Al pelirrojo le decían Sneaky. Amontonaba cajas de cartón vacías en el cubo de las escaleras, luego las desarmaba y, a punta de codazos, las doblaba, apiladas hasta formar aparatosos bloques que sujetaba con cinta adhesiva antes de bajarlos a zancadas hasta el flete. Mediante su vigor solemne y fuerza bruta, pretendía dejarnos claro quién era un verdadero representante de la clase trabajadora, cosa que, a excepción de Teasy, a los demás nos tenía sin cuidado.

Luego de subir a duras penas un armario con Sneaky, me invadió una enorme depresión al verme atrapado en un fatigoso trabajo al que hubiera querido renunciar. Pero tan solo imaginarme las caras de Margot y su madre al enterarse, me llenaba de energía suficiente para entrarle a la fajina en la que me enlisté voluntariamente. Mientras bajaba las escaleras del edificio, para martirizarme más comencé a recordar cuántas veces yo mismo había hecho mudanzas para cambiar de domicilio. Unas veinte veces. Se supone que eso representa, en el mejor de los casos, un cambio por una vida mejor. Era un problema de familia que yo relacionaba con algunos embargos por deudas de mis padres durante mi infancia. La diferencia es que los muebles se van para siempre y tú te quedas en un lugar donde cada espacio agranda la vergüenza de haber sido derrotado por tu realidad. Mis padres habían emigrado de Guadalajara a la Ciudad de México y, en un lapso de dieciséis años, se habían mudado de domicilio unas siete veces. Mis hermanos ni se diga. Uno de ellos vive como gitano de película (los que conozco de verdad son más sedentarios que un loro) y no se le ve cuándo pueda instalarse en algún lugar por más tiempo de lo que dura un contrato de arrendamiento.

Yo había pasado de todo. Casi siempre empacar y desempacar ha significado apremios económicos, desazón ante el futuro, descalabros amorosos e incidentes chuscos, como en aquella ocasión en que me cambiaba de un departamento en el centro de la Ciudad de México a otro más pequeño, a unas seis calles. La mayor parte de la mudanza la hice con un diablito prestado. Durante uno de los viajes sorteando coches, peatones y a otros diableros que transportaban mercancía de esa agitada zona comercial, una mujer me esperaba afuera de su vecindad y me detuvo para preguntarme cuánto le daba por un colchón y un refrigerador viejos. Me había confundido con un ropavejero.

Mis recuerdos estaban llenos de impresiones fundidas de otras épocas que, por más que me esforzaba, todas parecían calamitosas. Tantas mudanzas habían sido, en parte, una respuesta de inconformismo sin mayores consecuencias, a no ser porque, en conjunto, aquellas me habían llevado fuera de México para llenarme de experiencias desagradables y absurdas; su punto de partida había sido mi afán de ignorar todo aquello que opusiera resistencia a mis deseos. Después de tanto camino recorrido, ahora en París estaba en el mismo punto de frustración por falta de empleo y emocionalmente aniquilado.

Cuando al fin terminamos Sneaky, Teasy y yo estábamos bañados en sudor. No así Brian y Jeremy: el primero apenas y había subido algunas cajas livianas; a Jeremy todo le valía un carajo. Había ido a trabajar para no aburrirse en su cómodo estudio de recién casado en un barrio de burgueses. Para ellos, yo era "The Mexican"

Cuando terminamos había comenzado a llover, y el cielo parecía estar cubierto por una capa de ceniza que nos rociaba en finas gotas que nos hacían ver aún más chamagosos. Brian invitó un par de cervezas y una tanda igual de whiskies en un bar cercano. Apenas entrar, comenzamos a fumar como chacuacos. Teasy y Sneaky se pusieron parlanchines y de buen humor, pero de plano me ignoraron. Yo me emborraché a las primeras recargado en la barra, escuchando las fanfarronadas que Jeremy contaba a sus colegas para hacerlos reír. Las mismas que había oído con los obreros mexicanos y gringos con los que había trabajado años antes. Mujeres fastidiosas, proezas sexuales, patrones a los que les birlaron dinero, juventud llena de hazañas deportivas y pleitos a puños donde nunca perdían. Exhausto, casi olvido preguntar a Brian si habría más trabajo y cuánto me iba a pagar por hora. Sacó un cuadernillo, revisó una tabla y dijo que me daría trescientos francos por la jornada y me pidió llamarle al otro día para acordar una fecha de cobro y adónde era la próxima cita. Sentí que el cielo se abría para mí y, en cuanto me quedé solo, terminé a gusto mi caña de cerveza. Hasta entonces, me di cuenta de que ni siquiera me había preocupado por enterarme de las condiciones del empleo.

Brian nunca contestó el teléfono. Sin embargo, durante días insistí a todas horas pese a que estaba claro que me había transado. Acudí a Jeremy por consejo y se hizo el desentendido. "Estos hombres son muy duros con los extranjeros", dijo como si revelara un oráculo el imbécil. No importaba, hubiera trabajado gratis. Quería prolongar como fuera mi contrato verbal con Brian, cualquier cosa era mejor que regresar a ese departamento de la rue Le Dantec y tener pesadillas, por la noche, de mi rostro enmascarado de alfileres.

Necesitas para empezar, un agente. Eso lo aprendí de una recepcionista en las oficinas de una importante editorial ubicada en Saint-Germain-des-Prés. La pura sofisticación. Margot y yo recorríamos casas editoriales. Yo quería dar un brinco gigante sin tener experiencia con el medio.

Nos rechazaban en todas por no hacer cita previa. Antes había enviado el manuscrito a España. Por correo recibí unas diez cartas de rechazo muy amables.

De la misma manera, en la recepción nos orientaban sobre el protocolo. Yo había escrito la novela años atrás sin visos de publicarse. Margot la tradujo, y tanto a ella como a las contadas personas que la habían leído durante mi estancia fuera de México les parecía ágil, emocional y sombría. Había metido mi emoción desesperada. Había revisado el manuscrito en innumerables ocasiones como mi única carta de presentación. Mandamos hacer unas tarjetas que decían: *Margot Stoeckel, représentante littéraire.*

Salía muy arreglada, toda de negro con abrigo de lana largo, sombrero de terciopelo de media copa y guantes de piel. Se desenvolvía como una profesional, le gustaba su papel. Era simpática. Solo ella se entendía. Yo me sentía extasiado.

Dos días de la semana, por la mañana, tomábamos café en algún bistró hasta que ella tenía que ir a la escuela o a algún trabajillo ocasional. Me comportaba como un chulo que casi siempre recibía negativas. Yo me iba a caminar sin rumbo. Merodeaba la casa de Gainsbourg llena de flores y altares. Un iconoclasta enterrado con sus cenizas de fumador empedernido. Un Jacques Prévert bukowskiano.

París a solas, o acompañado de Margot, me daba cierta plenitud y disfrutaba del ambiente tranquilo y elegante de las calles, los comercios y aún de los *clochards*. La única zona que evitaba era la estación del metro Châtelet-Les Halles, a las afueras, y dentro del gigantesco centro comercial bajo tierra estaba lleno de negros y árabes pandilleros. A estos mamones les encantaba fanfarronear como si fueran raperos. Su odio racial al blanco lo habían convertido en *marketing*.

A veces, los vagabundos se me acercaban para platicar sin saber si les entendía o no. Así me pasaba también en las barras de los cafés. El parisino se queja de todo, como yo, pero son grandes conversadores, exaltados por cualquier tema. Se ponían amables, felices porque alguien los oyera sin interrumpir o contradecirlos. Me distraía rápido y no escuchaba ni la mitad de lo que decían.

En alguna ocasión, a las afueras de la Biblioteca Nacional, un viejo vagabundo me dijo que era ingeniero y que había renunciado a todo porque ya no quería ser parte del engranaje de producción. Dejó trabajo, casa y familia. Tenía muchos años viviendo en la calle. Recolectaba comida que tiraban de los supermercados y mercados callejeros. "Hay para todos", decía, "ya no se necesita trabajar. La ropa nos la regalan en albergues, la gente nos da dinero, el Estado nos da apoyos, puedo dormir dentro del metro en invierno y hay suficientes albergues con baño y regaderas. Si todos hiciéramos mal nuestro trabajo, por ejemplo, no apretar los tornillos en una estructura metálica de construcción, operar mal un sistema computacional o abandonar los empleos sin avisar, el sistema se derrumbaría".

El tipo me parecía coherente y honesto con su actitud subersiva sin ideología.

Era una distopía genial. Comencé a urdir una novela y a tomar apuntes a partir de ahí, leí decenas de libros sobre el fracaso del capitalismo, teorías anarquistas, retomé mis lecturas sobre Jack Kevorkian, el caso Madoff, Orwell, *El talón de hierro*. Algo así me había planteado mi hermano arquitecto años atrás en una borrachera y no le hice caso. Ahora sus palabras resonaban como evangelio. Nada va a cambiar hasta que se desbiele la máquina que engranamos para los poderosos. *Al final del vacío.*

Por lo pronto, en dos años me habían rechazado las chambas ofrecidas por las oficinas gubernamentales de colocación de empleo.

Pasaba horas en una de ellas, cercana a mi casa, esperando a que me atendiera algún subnormal que está detrás del escritorio donde te entrevista una y otra vez sobre tu ocupación, nivel de estudios, cuánto tiempo tienes sin trabajar y demás tarugadas. Eran estrictos, muy serios y metódicos para tomarse su tiempo y llenar formularios firmados por el solicitante. Se paraban para ir cojeando o en silla de ruedas a un archivero o a consultar a un colega. Todo en estricta confidencialidad, en voz baja y a veces con acentos pesadillescos. Yo no entendía nada.

Me iba de ahí sin encontrar un puesto vacante como limpiador en oficinas, galopino, limpiador de jaulas en el zoológico. Lo que fuera, para todo se necesitaba estudios superiores, hasta para pasear un perro. Tenía que comprobar que había solicitado empleo para recibir el subsidio por desempleo. Era una burocracia dura pero efectiva. A todo mundo le tocaba algo, pero nada era fácil. Los protocolos puntillosos y los funcionarios nos rechazaban si salíamos con reniegos o excusas. Los argelinos eran durísimos; se odiaban entre franceses y ellos, pero se toleraban. Lo vivíamos y lo veíamos en lo cotidiano. *Les arabes*, decían los otros despectivamente. Los negros africanos y antillanos recibían más consideraciones gracias a la culpa eterna de sus colonizadores.

Iba una vez al mes a una junta de orientación en oficinas alejadas de mi domicilio.

Al aproximarse la fecha de mi cita, me puse de mal humor, y al acudir en metro y a pie, no paré de renegar.

A veces me acompañaba Margot.

Estamos unas quince personas reunidas en un salón amplio rectangular iluminado con luz blanca. No hay ventanas. En cada uno de los muros cuelgan cuadros de gran tamaño con motivos que en nada disimulan el tapiz desabrido. En uno de los más largos, que hace esquina con el de la entrada, hay un cartel enmarcado de *Los girasoles* de Van Gogh. En las otras paredes cuelgan ilustraciones de escenas veraniegas de la campiña francesa. Expresan calma digestiva en solitarias terrazas y paseos arbolados, cuyas sombras apenas filtran un sol a la Monet, al contrario de este mes de noviembre, frío y lluvioso. Sugieren tranquilidad y bienestar.

Hay un fuerte olor a humores corporales acedos en la atmósfera fatigosa por la calefacción. Tomo asiento en medio del ala derecha de la larga mesa en forma de U, detrás de la curva hay sobre un tripié para pintar un pizarrón magnético. Le dan la espalda dos tipos sentados en sillas rodantes que vociferan entre ellos como si estuvieran en el bar. Calculo que los borrachines son como de mi edad, pero se ven más acabados por su desaliño y la barba de días sin afeitar. Visten unas chamarras de trabajo parecidas, viejas de lona azul y beige forradas por dentro con borrega. A cuatro lugares de ellos casi de frente a Margot, hay una mujer ya entrada en años con expresión hostil. Margot está a mi izquierda para traducirme lo que yo no entienda. Se ha convertido en mi niñera, mi ama de casa, mi asesora, traductora y paseadora. Me siento en deuda con ella y hago todo lo que me diga, aunque yo no esté de acuerdo. Así tuve que solicitar la ayuda del gobierno.

Los convocados esperamos sombríos a que la sesión comience. Se escuchan farfullos de inconformidad por el retraso que no es tal: faltan cinco minutos para las diez de la mañana. Hora de la cita. Casi todas las personas sentadas a ambos lados míos gesticulan su impaciencia buscando señales de complicidad con el resto.

Dos funcionarias llegan puntuales y ocupan un escritorio largo. El escritorio está lleno de papeles y folletos. Como si se hubieran puesto de acuerdo previamente en darnos la razón en todo, la jefa nos suplica paciencia para esperar a que lleguen quienes "pudieran haber tenido problemas con el transporte o encontrar la dirección". Estamos cerca de la estación del metro Réaumur-Sebastopol, en una zona llena de bodegas y accesorios.

Nos sonríen amables y acompañan nuestra espera mirando al frente, inexpresivas. Minutos después, la asistente se pone de pie y pasa lista a ritmo pausado. Su pronunciación es perfecta, como de clase de idiomas para extranjeros monolingües, tontos, alcohólicos, toxicómanos y viejos con problemas psicomotrices. La espera es contabilizada rigurosamente por los borrachines, atentos al reloj de pared en el muro detrás del tripié, exigen el inicio de la junta:

¡Allez-y madame, commençons, merde!

Cautelosa, la funcionaria en mando, una cuarentona rubia y lacia, se presenta como *madame* Vignau, antes de explicarnos por qué, en esa mañana fría y plomiza, repetida en París a lo largo del año, nos han citado por carta en una oficina de asistencia a desempleados. *CONNERIES!*, ¡pendejadas! *Me pas di tu*, no me digas. Los fulanos interrumpen braveros, se quejan; el que se ve más viejo estornuda, se limpia los mocos en una manga de la chamarra, reacomoda las flemas en su garganta, amenazando, en cada carraspeo, con escupir al centro de la sala alfombrada. Finalmente se traga el gargajo. Ambos actúan como mimos grotescos y majaderos. El más insolente tiene el rostro de manzana roja y mostacho de puntas manchadas de tabaco. Un mechón de pelo ralo sudoroso se le unta para disimular la calvicie, desde la frente hasta el cachete derecho. Una asimetría facial cae a ese mismo lado del rostro, como apoyado contra una almohada. Sus movimientos son los de alguien que despertaron a la fuerza de un sueño pesado. De pronto, habla para sí mismo a murmullos y se balancea en su asiento, como indeciso entre embestir o quedarse dormido.

La criminología los define como pícnicos, es decir, rechonchos, de huesos cortos y temperamento ciclotímico: tendientes a la depresión y perezosos. Lo desamodorran las quejas de su cómplice: flaco, alto, de bigotillo ralo, corto y estilizado. Tiene maltratada la piel color vinoso. Una cicatriz le cruza el lado izquierdo de la sien a la comisura del labio. Sus ojos brillan retadores mientras localizan rivales en la sala. Sería un leptosomático con personalidad esquizotímica: dominante, egoísta y extremista. Ambos hombres reclaman la atención de la trabajadora social en mando, a quien han comenzado a apodar *madame Agneau* (señora cordero), y cada frase de esta la interrumpen con una tanda de sandeces y reniegos por cada segundo que los retienen ahí, en una oficina de ayuda a desempleados, en lugar de estar, quizás, despatarrados en las bancas de un parque o de un andén del metro contemplando el trajín, desafiantes, entre lingotazos de vino de siete francos el litro, envasado en Tetrapak. Forman la clásica pareja del íncubo (promotor, el flaco) y el súcubo (instigado, el viejo).

Madame Vignau es de mediana edad, tiene dientillos disparejos y afilados, viste en todos los tonos de marrón, se ve fuera de época, amortajada, sin su permiso para comprar en las rebajas de *Tati* en Barbès. Su pelo rubio reseco, aplacado con laca y largo; tiene mechones castaños. Ofrece una sonrisa quizá por su próxima jubilación en el mismo cargo. Su asistente, algunos años más joven, tiene la tez blanca y sin huellas de furores o angustias; austera, aguardando solemne un placer que la invite a sonreír. Arregla su cabello castaño oscuro como una peluca de cortesana. Viste parecido a su superiora.

El íncubo tiene estrabismo y, cuando condena con la mirada al resto de los desempleados en la junta, mueve negativamente la cabeza sin que los ojos lo sigan. El súcubo tiene la mirada perdida, si bien encara somnoliento a *madame Agneau*, quien no puede dejar de vigilarlos. Hay un norafricano, de rostro fruncido y ojos severos, que instintivamente dejó un lugar vacío para no quedar al lado del súcubo. Es de mediana edad, piel cianótica, pelo cano y bien cortado y echado hacia atrás con brillantina sin mucho éxito. Desaprueba silencioso cualquier frase que se escucha en la sala mientras restriega las manos fuertes y de palmas blancuzcas. Los dedos parecen cinceles. Sus encías desdentadas son expuestas por una sonrisa socarrona. Dudo que haya entendido todo lo que ha dicho la trabajadora social, pues no para de hablar consigo mismo mientras se queja con alguien que no está en la sala.

Madame Vignau nos ha solicitado a uno por uno presentarnos ante los demás. Nombre, dirección, última ocupación y tiempo de estar desempleado. No me salen las cuentas, ¿Qué ocupación tengo? *Écrivain au chômage.* Escritor desempleado. Alguien se ríe burlón. Lo saludo con una seña de mano. Comenzando por mi izquierda, hacemos una breve confesión biográfica y anamnésica; no necesitamos ser muy específicos, aunque no falta quien se extiende más de lo debido para llamar la atención sobre su caso; los datos que cada quien aporta para armar el rompecabezas conocido de memoria por la funcionaria, quien no para de sonreír satisfecha de la precisión con que todas las piezas embonan.

Distingo acentos extranjeros, aunque no podría decir a qué idiomas corresponden. Es lo de menos. No hay chinos. Todos podemos comunicarnos en un francés aceptable que nos tiene jodidos. Parecemos expulsados a la fuerza de una foto de Koudelka. Me llama la atención una anciana sentada al lado de Margot, ambas calladas, como una misma. Ambas cubren su boca con una mano, la izquierda; la *vieux* intenta disimular su aliento alcohólico. Se apellida Camus y no tiene facha de inmigrante. Es una viejilla menuda, rubia, viste de negro, su semblante no expresa si respaldar los reproches en la sala o seguir soportando aquellos que se hace a sí misma en silencio. Busca insistente las miradas femeninas mientras escucha sin tomar partido las insolencias del binomio de borrachines. Su nombre y los años sin empleo fue todo lo que aportó al grupo. Una veterana de la Seguridad Social. Su abrigo largo y con caspa en los hombros, sus aretes de ámbar, el suéter cubriendo el cuello largo y el dejo de coquetería en la mirada de ojos azules fatigados guardan luto por Meursault.

El íncubo se vuelve a cada momento más altanero y demandante. El norafricano y la tímida *madame* Camus intentan unirse a la rebelión y exigen en cualquier oportunidad soluciones concretas a su desventajosa situación. Interrumpen cuando alguien toma la palabra, pero primero ponen atención para descubrir un detalle que apoye sus reclamos, un detalle que nadie de los presentes descubrimos y que nos haga sentir como delatores involuntarios de una información que ni nosotros conocemos.

A estas alturas hemos cumplido más de una hora en la mesa de arduas negociaciones entre la desesperación, la apatía y la conchudez, contra la tolerancia sobajada por el humanismo burocrático.

El íncubo decide jugársela haciendo una confesión extrema: ha perdido una de las piernas en un empleo (no dice cuál) y tiene tres años esperando a que *LES ENCULÉS* de la Seguridad Social le asignen un domicilio postal cercano a una de las tres estaciones del metro donde ronda, al norte de la ciudad, para enviarle ahí la carta que autoriza la reposición de su prótesis vieja. A decir del lisiado, la prótesis rechina con el frío y se casca de tanto golpear en las banquetas y, sin embargo, duerme impedido de quitársela por temor a que se la roben. *ALORS, REGARDEZ MADAME AGNEU!*, grita el revolucionario *clochards*. Levanta la pierna postiza y la golpea con el puño, suena como un muro mal resanado. Su reclamo, además, acude como defensoría de oficio de su súcubo, de quien pone a consideración de los presentes un padecimiento cerebral que lo hace tropezar constantemente.

Observo al súcubo con mayor detenimiento y descubro cicatrices viejas en la nariz y la frente. Manotea para atraer la atención de la trabajadora social y explicarle por tercera vez otro padecimiento, al parecer intestinal, que desde la sesión anterior ella le había aconsejado exponer ante un médico proporcionado por la Seguridad Social. O sea, gratis.

Por un momento, *madame* Agneau y los herederos de la revolución francesa discuten y manotean a gritos arrebatándose la palabra. Los demás no tomamos partido. El lisiado defiende enardecido las incoherencias farfulladas de su cómplice y acusa de insensible a la representante del gobierno, de hacerlos perder tiempo y, en el caso particular del íncubo, de impedirle llegar a "una cita importante". Harto, deja su lugar renqueando rumbo a la salida y reclama desencajado la atención de los presentes:

—*Monsieurs*, *mesdames*, disculparán mis modos, pero, *à mon avie* (en mi opinión), el gobierno es *un ENCULÉ!* Buenas tardes.

Azotó la puerta. Eran las 11:30 p. m. La reunión ya no sería la misma. De entrada, la actitud del sujeto logró un cambio a mis juicios enfermos de soberbia.

Madame Agneau mira condescendiente al resto de nosotros y luego se dirige al súcubo:

Tiene poca paciencia su amigo.

—Estoy de acuerdo, es muy vivaracho el *connard* —responde aquel, sonriéndole burlón a todos.

Margot y yo nos miramos, reanimados por esos momentos de delirio en una situación que habíamos anticipado engorrosa y deprimente. Era nuestra tercera visita en un mes a diferentes oficinas de trabajo social y apoyo al empleo. Esta vez no nos habíamos dignado a dirigirnos la palabra y actuábamos como si viniéramos cada uno por su lado. Antes de que empezara la junta (la primera grupal a la que asistíamos), miraba orgulloso a quienes tímidamente iban ocupando sucesivamente las modernas sillas de diseño.

Resulta difícil mirarse al espejo cuando uno no las trae todas consigo. A partir de que el irascible beneficiario del RMI fue ganando confianza para despotricar contra la filantropía gubernamental, hasta llegar a ese gran final mandando a todos a la chingada, mi ánimo se levantó al sentirme acompañado de sentimientos que minutos antes parecían abandonarme con mis reproches y maldiciones.

Somos una mayoría incontenible. La paranoia del norafricano me parece oportuna, y ahora intercambiamos gestos socarrones cuando alguien en el lado izquierdo de la mesa pregunta inocentemente por alguno de los servicios o ventajas ofrecidas a los más o menos 2 millones 116 700 personas en todo el país que no somos "autónomos económicamente". El giro de insolencia que toma la reunión fortalece, al menos por momentos, la dignidad amenazada por el pandemonio burocrático, que si bien ofrece 2 500 francos mensuales como mínimo, dependiendo de la situación personal, no hace mucho para facilitar la salida de protocolos que abarcan la orientación para el servicio de duchas y piscinas públicas, apoyo psiquiátrico, programas de capacitación y cursos de tenis, asesoramiento para elaborar *cvs* "efectivos" y cartas de motivación, rechazadas amablemente por empleadores de lavaplatos, almacenistas, criados, acompañantes de viejos y de enfermos recluidos en sus casas, macheteros, afanadores, conserjes, etcétera.

La asesoría, por lo regular, la daban mujeres con una resistencia granítica a nuestras neurosis; sus chambonadas repelían buena parte de esa descarga de malos humores con indolencia y sobadas respuestas idénticas para los diferentes casos. La ósmosis entre ellas y los condenados a la filantropía oficial armonizaba con la apariencia física de ambas partes, incluidos los contrahechos y los chiflados, etiquetados dentro de la corrección política como *handicapés*. En general, los funcionarios parecían ocultar, tras su pachorra, una perversidad conductista para mediar con marginales, muchos de ellos irredimibles, en una sociedad donde la franja entre viejos y niños tenía de relleno una mentalidad cartesiana y cortesana del éxito.

Los olores en la sala reproducen la atmósfera de bares y cafés donde se apuesta a los caballos y a la lotería mientras se acompaña de huevos duros la cerveza que se entibia en la barra. En eso se nos iba a muchos el RMI. La ranciedad condensaba el peso muerto de un futuro sombrío sin que hicieran falta atentados terroristas o guerras bacteriológicas.

Dos mujeres, al parecer filipinas, a mi extremo derecho, aguardan inexpresivas el final de la reunión mientras atienden sin perder detalle cada una de las instrucciones de *madame* Agneau, quien, para entonces, recuerda que tenía una asistente a su lado y le pide que nos distribuya un manual grueso de orientación a los servicios y apoyos ofrecidos por el Sistema de Seguridad Social de Francia, con fotos a color y explicado paso a paso hasta en los detalles más insignificantes, como para hacer prescindibles —a cualquiera con algo de sensatez— las inútiles sesiones a las que cada mes se nos convoca bajo amenaza de perder el subsidio luego de tres ausencias.

Abandonado a su suerte, el súcubo levanta de la silla su cuerpo de picador de toros y abre un nuevo paréntesis, ahora es una queja a la delegación política donde él hace sus días. El parque que frecuenta está sucio. Los empleados de limpieza y vigilancia lo tratan mal y no lo dejan usar los servicios públicos. Además, hay una funcionaria en las oficinas de su alcaldía que llega tarde a su lugar y nunca tiene tiempo de atenderlo. *Madame* Agneau le pide que se calme y, luego, cuando la sesión haya concluido, con mucho gusto podrá atender su caso individualmente. Él continúa vociferando, quizá al mismo sujeto a quien habla el norafricano y a quien los demás no podemos ver. La funcionaria en jefe me ha dedicado miradas dulces en repetidas ocasiones porque no he sido hostil con ella. La saludé al inicio de la reunión y no la he interrumpido, como el resto de los convocados, incluida una de las mujeres filipinas, y que hace repetir las explicaciones mientras traduce a gritos a su amiga. La funcionaria no se imagina el bien que me ha hecho. Ahora me parece magnífica la alfombra verde botella y no tengo ningún recelo ante las explicaciones que cada uno de los desempleados da para justificar su inactividad. Los hay más jóvenes que yo, dos o tres, debajo de los treinta años, en apariencia sanos y articulados; profesionistas, con diversas formaciones, no dicen nada; el resto son más viejos que yo. Todos se ven hartos, y su socarronería es un logro que a mi orgullo le costará varios inviernos más igualar.

La terapia grupal termina con una felicitación para todos, dándonos las gracias por nuestra asistencia, recordándonos una y otra vez que el mes próximo debemos regresar, pero ahora con una prestación que empezará a funcionar de inmediato a solicitud del interesado: podemos elegir el horario en días hábiles.

Cambiaré la siguiente cita para después del mediodía.

VII

Borré de mi mente ir a una librería y llevarme lo que quisiera, mi fantasía se evaporaba entre las resacas de las atiborradas playas de Acapulco.

Todos se divertían, pero Margot y yo nos comportábamos entre nosotros como desconocidos sin ganas de cortejo. Ella se sentía a gusto con sus cambios de humor. Trajo de París una farmacia con medicamentos potentes para sus malestares. Cuando la atacaba la migraña, parte del remedio era recostarse en nuestra cama a oscuras y sin el mínimo ruido, reposaba la cabeza de lado sobre la palma de una mano como almohada y el brazo de apoyo flexionado como soporte.

—Pinche cuñado, te sacaste la lotería con esta mujer, es a toda madre. Guapa, simpática, hacendosa y con mucho talento —me decía Yayo, contabilizando con los dedos de su mano derecha las cualidades, mientras nos alejábamos del grupo para fumar en la playa y agarrar de cenicero al mar fecaloso. A medios chiles, mi cuñado no soltaba el tema.

Por las noches, a la brisa del mar en la terraza de la casa, insistía en que Margot le cantara *Aline*, del tal Christophe, acompañada de su guitarra, que olvidó en México en su primera estancia, un clásico del azote de la balada francesa. Empezaba *J'avais dessiné sur le sable*, yo había diseñado sobre la arenaaaaa…, y hasta ahí, después decía que le cagaba. Nunca la cantó, por más que Yayo le rogaba.

México no acepta a un mexicano sin dinero con una mujer extranjera rubia.

En nuestra primera estancia en México, hicimos citas para rentar un departamento con trato directo con el dueño. Al acudir a la cita, nos decía que ya no estaba disponible o subía la renta al ver a mi acompañante. De los oficiales de marina a los que Margot les daba clase de francés cuatro horas diarias por la mañana en su base militar, no faltaba quién se la quisiera ligar, incluso en mi cara, así que le pedí a Margot que aceptara invitaciones a comidas lujosas en un salón exclusivo dentro de las instalaciones. Los cadetes eran los meseros. Yo iba de chaperón, y apenas me soportaban. ¿A qué se dedica, amigo?, ¿cómo le hizo para que la maestra se fijara en usted? Pues, ya ve, hablo varios idiomas y soy culto; ella odia la milicia, ¿se los ha dicho? Yo respondía a la defensiva.

Acoso y desdén por todas partes. Échate un tequila, no seas mamona, oye. ¿Es cierto que las francesas son de cascos ligeros?: ellas. ¿Qué haces con este wey?: ellos.

En el salón de reuniones académicas, del instituto ruso de idiomas en la Roma, los alumnos de Margot organizaron una comida de final de curso sabatino. Llegamos de buen humor, pese a la cruda de la noche anterior, en casa, con amigos. Dos horas después, yo había ido al baño y de regreso me robé una foto de Chéjov pegada con tachuelas en el periódico mural de la recepción. Al entrar al salón, encontré a Margot arrinconada por un sujeto que la abrazaba por la cintura hablándole al oído. De la mesa larga con bebidas y bocadillos, agarré del cuello una botella de cerveza y le pegué al seductor en el hocico. Ya en el piso, comencé a patearlo. En un instante de furia contagiosa, gritos y empujones, alcanzamos a huir ilesos de una de las tantas bienvenidas a la mexicana en honor de la francesa. Margot tuvo que renunciar y no cobró el finiquito.

En una ocasión, sobre Reforma, nos encontramos al exeditor de una revista de cómics. Tenía cuerpo de aceituna, sostenido por dos palillos como piernillas cortas. Lo conocí antes de mi partida a Estados Unidos. Yo era un colaborador sin mucha experiencia en el medio.

Dijo como:

—Qué buen braguetazo te aventaste. —Sin dejar de mirar lascivo, de arriba abajo, a Margot. Se jalaba por los lados el pantalón de mezclilla guango, debajo de la barrigota.

Con ese comentario, terminé mi amistad con él. Nos fuimos, ignorándolo como a un pedigüeño. Se las daba de trotskista.

Margot tenía razón en sentirse acosada. Parecía burguesa, y a mí me volteaban la espalda. Siempre faltaba un requisito o no me recibían en entrevistas de trabajo. De pronto, conseguí una chamba de maestro de inglés a domicilio para empresas. Al mismo tiempo, empecé a llevar reseñas y crónicas a algunos periódicos y revistas. A veces, tenía éxito y me publicaban, sin pagarme, casi siempre, o una miseria. El editor de la sección cultural de un periódico patrocinado por el gobierno en alguna ocasión me pagó con ejemplares de una revista cultural dizque de vanguardia. Poco después, me hice colaborador con honorarios ridículos. Mis conocidos del medio habían cambiado, se habían vuelto convenencieros, envidiosos y andaban a la greña entre ellos. El priismo ilustrado.

En algún momento, Margot y yo conseguimos, a duras penas, rentar un departamento pequeño y viejo en la calle Victoria, en el centro de la ciudad. Yayo nos prestó el depósito. Una zona infestada de comercio callejero. En el edificio, casi todos los inquilinos vendían fayuca o trabajaban en algún oficio. En tres cuartos de servicio, en la azotea, tenían encerrados perros bravos, que sacaban a pasear a la calle por la noche, jalándolos con gruesas cadenas. De día, ladraban y aullaban, hartos de su encierro. Ruido callejero a todas horas.

Vivíamos en un segundo piso. Debajo de nosotros, teníamos de vecino a un periodista legendario ya en retiro. Nos hicimos amigos y nos invitaba a cenar a su departamento. Tenía las ventanas cubiertas de periódicos amarillentos para, según él, evitar la vigilancia de espionaje del gobierno y de los gringos. Nos contaba cuándo había guiado a una famosa periodista italiana, enviada como corresponsal para cubrir las marchas estudiantiles de Tlatelolco de 1968. Ambos fueron heridos por balas, él quedó cojo y muy tocado. A pesar de eso, hizo su cobertura valientemente y no le publicaron su reportaje. Su departamento apenas lo iluminaban unos cuantos focos. Estaba lleno de periódicos viejos y libros apilados en la duela, y los muros cubiertos de grabados y óleos de destacados artistas plásticos mexicanos. Algunos de sus libros estaban dedicados por los autores. El periodista presumía una vida de bohemio exquisito.

No dejaba de hablar y se desvivía en atenciones para Margot. Su esmero me provocaba recelo, yo intuía para dónde iba todo. Cuando yo no estaba en casa, le subía flores. Dejamos de visitarlo, y a veces lo encontrábamos ensimismado en los pasillos o en la calle. Siempre de prisa y paranoico. Nos daba risa verlo de lentes oscuros y gabardina a medio día, bajo el sol.

Pocos días antes de las elecciones presidenciales del 2000, Margot empacó sus cosas bajo la excusa de que Maud estaba en peligro de muerte: había intentado suicidarse por enésima ocasión. Había comprado un boleto sencillo meses antes y no me avisó. El día de su partida, la llevé en un taxi al aeropuerto y me quedé sin un peso. Regresé a casa con un boleto de metro en mi cartera.

Comencé a vender y a regalar los pocos muebles que teníamos en el departamento que ya no podría rentar. Me deshice de todo, dormía sobre una colcha y me tapaba con otra. Dejaba abiertas todas las puertas, incluso la de la entrada. Hablé por teléfono con mi hermana Lucía antes de que me lo cortaran. Le conté mi situación; Margot ni se había despedido de ellos.

—Vente, aquí tienes tu casa. A Yayo le dará mucho gusto, él entiende.

Creí que ya no sabía llorar, pero esa noche no paré y dejé ir tantos años de fracasos.

Los días previos a dejar el departamento, los vecinos de enfrente se dieron cuenta de la situación. No nos hablábamos, yo les tenía miedo. Tenían las puertas abiertas todo el día, como para que su música, a todo volumen en sus aparatos de sonido, vibrara por todo el edificio.

Una tarde me senté sobre la duela del hermoso salón del comedor y estancia, la luz del sol se metía plena por la angosta ventana que iba del techo al piso. La luminosidad enceguecedora representaba el vacío de mi vida adulta. Comencé a releer pasajes de *El vagabundo de las estrellas* y poco a poco fui consciente de un alivio que me liberaba, la espalda no me dolía y comencé a dormir ahí mismo más horas sin sobresaltos. Sí, soy un inútil, pero no voy a ser lo que los demás quieran. Otra tarde tocaron a la puerta, se asomaba por el rellano la matrona del departamento de enfrente. Una señora ya mayor, obesa, vestida con ropa deportiva de colores y chanclas.

—Vecino, ¿qué hace ahí? ¿A poco se la puso?

—No, cómo cree, ni ganas de tomar.

—¿La güerita no aguantó?, ¿o qué?

—¿Qué hace usted por acá?

—Pos ya vimos que lo dejaron pelón. Hicimos molito, orita le traigo un taco.

En su entrada, la esperaban sus tres hijas, igualitas a la mamá; la mayor, de unos doce años, trajo un platón lleno de mole con pollo y arroz, cubierto con tortillas.

Me paré apenado y recibí el regalo sin dar las gracias. Comprensiva, la vecina dio media vuelta, arreando a las niñas hacia su domicilio, y en silencio se metieron dejando la puerta abierta.

Lo hizo dos o tres veces más a las mismas horas. Yo estaba alargando los días que me quedaban para desalojar el departamento donde Margot había vivido un año y un mes.

Lucía y su familia me recibieron con una generosidad que me rebasaba. Me cedieron una de las tres recámaras como para Ana Frank. Durante los diez meses que viví en su departamento, comencé a escribir como nunca antes lo había hecho. Sin trabajo, la mayor parte del tiempo, leía mucho, de todo. Conseguí, en un remate de chácharas en Cáritas, un pijama de satén Burgundy y lo tomé como uniforme para andar en casa e ir a la tienda. Evitaba ver amigos o emborracharme lejos de mi domicilio. Todo lo hacía por las noches, después de que la familia se iba a dormir. Para mí comenzaba el día laboral.

Yayo y yo soldamos una amistad parrandera y franca. Entre hombres, es un atavismo de malicia infantil. Conocimos juntos los tugurios más turbios de Coapa, sobre todo el Happys, donde me di cuenta de que le daban crédito a mi cuñado. Show trasvesti con unas Paulinas Rubio y Thalías de metro noventa y más de cien kilos; malandros, viejos mañosos y fanfarrones, dílers y matrimonios que manejaban la noche. Nos encantaba que Lucía saliera unos días para visitar a otra hermana en Oaxaca.

Una vez, al cierre del Happys, el gerente nos invitó a seguirlo a un antro de *after* cerca de ahí. Fuimos, y estaba repleto de sujetos que como yo: habían perdido la brújula por las parrandas; muchos de ellos, gandallas. Yayo traía en el Happys un pique denso con el "Lennon", otro cliente habitual. Se engancharon por el ajedrez, presumían que eran casi invencibles. Se retaban lanzándose indirectas ofensivas. Yo nunca había visto a Yayo mover una pieza. Por fin, de camino al antro, mi cuñado aceptó el reto. Jugarían una partida a tres de cinco; el que perdiera, pagaría la cuenta, incluidos los tragos para los mirones. Ni Yayo ni yo traíamos dinero. Yayo pensaba pedirle prestado al gerente del Happys si perdía la apuesta.

Llegamos a un galerón sin puertas ni ventanas, tipo corral con techo de palma. Todo a la vista de los transeúntes. De día era taquería.

Una señora nos llevó tragos a los tres en vasos de plástico enormes. Un *vodka-tonic* y dos cubas de Bacardí blanco.

Lennon les dijo a los mirones que los tragos iban por su cuenta. Yayo y él eran los hazmerreir. Borrachos que juegan ajedrez a las cuatro de la mañana.

La primera partida se la ganó el Lennon, fácil y rápido, al que parecía un principiante. El Oso Negro me cayó como una poción venenosa.

El Lennon aplaudió y se frotaba las manos fanfarrón:

—Ahora sí, ni con vaselina te la voy a meter. —Y se apuró a colocar sus piezas para la segunda partida. A huevo, pinche pendejo, no mames, hasta esa yo me la sé. Ni tiempo me diste de tirarme un pedo.

Todo era discusión, con una pieza en la mano agitándola como una cruz contra vampiros. Sobre todo, por decidir a quién le tocaba tirar.

—Cuñado, pide lo que quieras, y a mí que me traigan otro de estos.

El orgullo de Yayo nos iba a hundir como al Titanic. Llegaron nuestras bebidas y yo me senté sobre la orilla del respaldo de la silla contigua para estar a mayor altura y dármela de conocedor.

—Uy, cabrón, ¿te salió lo hombrecito o eres rico?

Mi Bobby Fischer miraba concentrado el tablero, ignorando las puyas.

Abrió la partida con una clásica salida de peón. El Lennon chiflaba y le daba un trago a su cuba antes de tirar. Yayo perdió un alfil y un caballo, pero cuarenta minutos después dijo, con voz solemne de juez dictando la sentencia:

—Jaque mate, y síguete riendo, pendejo.

—Te cagaste, te cagaste. Ahorita vas a ver. Te propongo que esta sea la definitiva, ya es tarde.

—No, no, esto va a terminar rápido, y ya te vas.

—Como quieras, a ver si no te pegan agruras. No se te quita lo fanfarrón.

Era una puesta al día de *Dos tipos de cuidado* con voces resbalosas.

Jaque mate, uno. Jaque mate, dos. Se acabó la contienda en poco más de una hora, según cronometró la mesera, que para entonces dejó sobre la mesa una charola llena de tragos.

—¿Cómo la viste?

Lennon seguía revisando el tablero como si buscara dónde se ocultaba la traición de sus monarcas y sus alfiles.

—Te cagaste, eso fue todo.

—Y muy cabrón, en tu jeta. Paga y vete a llorar.

Mientras tanto, fueron a felicitar al ganador todos los amanecidos presentes y le agradecían el trago gratis. Yayo y yo estábamos pedísimos.

El Lennon pasó otra hora más buscando una rebaja y pidiendo más tragos. Terminó acompañado por dos meseros a un cajero en Miramontes.

Nos sentíamos pletóricos. Podíamos tumbar a todos esos briagos. Nos abrazamos, como el campeón y su *second*. Pepe *el Toro* y Mantequilla. De aquí a Rusia contra Kasparov. Que chinga le pusiste, eres un chingón. Te lo dije, es muy difícil que alguien me gane, ese pendejo desde hace meses me estaba chingando con lo mismo.

Yayo había retomado a esa parte de su personalidad exagerada y verbosa. Podía desmenuzar cualquier tema durante horas después de la quinta copa. Dio cátedra de Bacardí campechano y ajedrez a un grupo de admiradores sobre los puntos finos de su triunfo indiscutible.

—El primer error del Lennon es que tiene pánico de perder. Me di cuenta desde la primera partida. Para la segunda, yo sabía que le iba a ganar. Y no tiene defensa. La otra es que es muy difícil que yo pierda. Llevo años invicto. Les manejo varias estrategias, por si un día quieren aprender, ¿eh?

Y así otra hora. Salimos de ahí pasadas las ocho de la mañana. Ahogados y sin gastar un peso. A Yayo lo despidieron los parroquianos que quedaban y el personal del antro como si fuera el nuevo delegado de Coapa. En una mesa, cerca de la salida, había un grupo de amigos ya cerca de la ancianidad. Una señora, con tipo de *vedette* de la época del Negro Durazo, me gritó desde su lugar, haciéndome una seña de mano:

—¡Vente conmigo!

Voz lijosa por inmemoriales parrandas incombustibles. Mi oráculo. Me seguí detrás de Yayo.

Lucía regresaría un día después de Oaxaca, y decidimos no contarle el golpe de autoridad de su marido en un tablero rociado de tragos gratis.

Regreso al Acapulco de Margot.

En la terraza, poníamos música en una grabadora. De un casete con éxitos setenteros, yo bailaba a solas al ritmo de *Suavecito*. Miraba al vacío del horizonte marino. Eres un fresco, Juan, ojalá y siempre fueras así, me reprochaba mi esposa.

Esa tarde de llegada no salimos a la playa. Nos dedicamos a beber en el jacuzzi y a jugar juegos de mesa. Como un grupo de abducidos, luego recibimos la noche asomados desde el mirador. Me olvidé de mis cuitas. Gozaba de lo que tenía a la mano. Comencé a sentirme Mario Puzzo en sus ratos libres: en la alberca de un hotel para escribir el guion de *El Padrino*. Me fui a dormir borracho y no me di cuenta de a qué hora me alcanzó Margot en la cama.

Al día siguiente, muy temprano, ella ya estaba en el jacuzzi bajo un cielo azul sin nubes, manchado ligeramente por un tono naranja. Se había embadurnado de crema bloqueadora y estaba lista para salir en grupo a la diversión. Me ignoraba, a menos que necesitara algo indispensable; decidí hacer lo mismo y divertirme a mi manera. Traigo dinero, me decía en mi mente.

Recorrimos tantas playas como pudimos. Caleta y Caletilla por la mañana, por la tarde, la isla de Roqueta, y rematamos en Condesa. Me conmovía la fealdad desparpajada. Es un tema como para Octavio Paz. Un blasón con el que cada quien presume su linaje ante los demás. Como extraterrestres, pocos vacacionistas esbeltos. De pronto, mujeres despampanantes y hombres atléticos remarcaban la grotesca presencia de cuerpos castigados por su genética y sus circunstancias.

En Roqueta, había una grada ancha de cemento como fonda con mirador: repleta de mesas y sillas de plástico en renta, carísimas, para sentarse a comer y beber. La grada estaba arriba de los dos metros de altura sobre la playa, a distancia de unos cincuenta metros. Se subía por unos escalones sin barandal. Desde nuestro lugar, apreciaba a los leones marinos humanos de todas las edades, aceitosos por ungüentos. No era mediodía, y la ebriedad flotaba como plaga de medusas. Los adultos refrescaban su resaca con otra, venida del mar. Carne flácida e impúdica. Arena y mar al tope. Olía a comida frita y a podridero orgánico. El burro alcohólico, sometido a una dieta de cerveza y cubas todo el día. A la orilla del mar, destacaba un sujeto talla cinco x, enorme, con muñones por brazos y piernas. No se movía de su lugar, y una mujer le acercaba refrescos y botanas fritas; con una cubeta lo bañaba con agua de mar. Margot no perdía detalle. Coney Island en Acapulco. Como diría José Revueltas: "Lo terrible es siempre inaparente". Fue la única ocasión en ese viaje en que fue amorosa conmigo, divertida de presenciar en vivo un *freak show*.

En esos momentos, éramos uno mismo ella y yo. Compartíamos un sentido del humor morboso y lapidario, como desquite de nuestras circunstancias de la vida que nos juntó como pareja. La bien aprendida rutina de aceptar trabajillos legales o "negros" malpagados nos hizo mañosos y renegones. Nos amábamos así, tomando distancia de nuestro pasado que nos soplaba al oído como un animal de presa para evitar que escapáramos.

Nos divertimos pese a todo en esas vacaciones. Yayo se convirtió en mi conductor asignado para ir por efectivo a los cajeros. Me costaba trabajo quitarme lo poquitero. Tenía mucho tiempo que no traía tanto dinero para mí y me asustaba lo que podría venir a futuro, y un premio literario no parecía cambiarlo. Yo estaba acostumbrado a vivir con lo justo.

—Gástate tu feria, chingaos, te la ganaste —insistía Yayo—. Eres escritor, no obrero, wey. Pinche cuñado, te desconozco. Esa mujer vale cualquier sacrificio.

Comencé a sacar más dinero con menos retiros, en mi euforia por mis primeras vacaciones en no sé cuántos años. Nada era suficiente.

Gasté como era la tradición de mi familia, acostumbrada al empeño en el Monte de Piedad. El acapulcazo incluyó bailongo con grupo en vivo en el yate Fiesta. Nos tomaron una foto en familia en compañía de un enano disfrazado de pirata al que llamaban "el Capitán". Regresaron recuerdos, en ese mismo yate, celebrando a todo tren cuando mi padre se sacó un premio chico de lotería en Acapulco. Ya para entonces, en nuestra niñez, Eduardo y yo teníamos modales aprendidos de mi padre y sus parranderos amigos.

Esa vez pasamos el tiempo acodados en el barandal de proa, de espaldas a la bahía. No nos dimos cuenta de una alerta de emergencia. El yate se tambaleaba y el enano había desaparecido. Los pasajeros se resbalaban borrachos en la cubierta encharcada por las bebidas. El yate Fiesta se hundía como un Titanic que se estrellaba con el iceberg de la tragedia que navega con el populacho. Apenas había zarpado y estábamos cerca del embarcadero, así que no costó mucho trabajo regresar al muelle. El enano salió de la nada y, con seguridad de almirante, se encargó de guiar a tierra a los náufragos del chupe. Mi padre iba echando lumbre y nos repetía una de sus frases preferidas:

—Cuando el pobre tiene para carne es vigilia.

Había que pagar por todo con el impuesto de la trácala. Familia chilanga con nuera parisina, vacacionando a la orilla del mar, echada bajo una sombrilla, en una mesa, al lado, cocos locos, cigarros, botanas, una cámara Kodak análoga que sacaba las fotos descoloridas donde salimos como somos: ordinarios. En esos años, aún no estaba panzón, pero mis tatuajes descoloridos iban a tono con el populacho alrededor. Me había tatuado en Tepito y, luego, en el bajo Manhattan cuando aún era atractivo formar parte de un grado básico de la contracultura, aún sin ordeñarla por la industria del espectáculo.

VIII

En 1986, yo era un veinteañero. Como miles de jóvenes en esa ciudad, era hijo del desempleo y de la baja escolaridad. Desertor de varios planteles públicos de bachillerato. Formaba parte de una banda de mi barrio con más o menos las mismas condiciones que yo. Solo tres de nueve de nosotros estudiaban carreras universitarias. Uno de ellos, el Chilaca, mi gran comparsa, cursaba el cuarto año de ingeniería química. Muy brillante, apuesto y jugador estrella de un equipo de futbol americano de liga mayor.

Éramos fanáticos del programa de radio *Rock 101*, el único que transmitía esa música continuamente las veinticuatro horas. A ciertas horas de la noche, tenía programas culturales en vivo relacionados con el rock en voz de locutores amenos y cultos sin ser pedantes. La estación representaba el pensamiento contemporáneo para miles de jóvenes del D. F. Fue protagonista del enésimo reacomodo social de la capital del país, resurgida entre el cascajo del terremoto de 1985.

En diciembre de ese año, el director y locutor de la estación anunció para el 26 de enero el Festival de la Amistad 86, en Acapulco. Prometía ser imperdible. Sería al aire libre, en la playa del club de golf Tres Vidas a partir de las siete de la mañana, con un cartel de lujo, amenidades, y no especificaba en qué condiciones.

A duras penas, cada quien juntó sus devaluados miles de pesos que no servían para gran cosa. En cuanto salieron a la venta, compramos los boletos en la recepción de la radiodifusora al sur de la ciudad.

Un par de semanas antes del evento, como era costumbre, fui de visita al domicilio del Chilaca, luego de su regreso de la facultad. Todos vivíamos en la misma unidad habitacional conocida como Infiernavit.

Nos encerramos en su cuarto para cotorrear sin las intromisiones de la mamá, la abuelita y las dos hermanas. Prendimos unos cigarros echados en el piso, y de pronto Chilaca hurgó en su morral de lona donde portaba útiles y ropa deportiva. Extrajo un frasquito medicinal color ámbar con tapa negra bien enroscada. La abrió con algo de esfuerzo y la acercó a mi nariz, mientras con el dedo índice de su mano libre tapó una de las fosas.

—Aspira fuerte.

Lo hice y, de inmediato, sentí una ráfaga de euforia circulando por el cerebro y el cuerpo. El corazón me latía como un redoble de batería. Unos minutos después, me recuperé.

—¿Qué es esto? —pregunté confundido.

—*Poppers*. Una maravilla. Los hice en el laboratorio. Un profe adjunto me pasó la fórmula. Hice varias pruebas; en las dos primeras casi me desmayo al ir a vomitar al baño de la facultad.

Pasamos buena parte de la tarde inhalando. Subió el volumen de nuestras voces entre risas hilarantes.

Salimos a buscar al resto de la banda.

Se multiplicó por nueve la euforia. Siete se retiraron al paso de los días, previos al festival, temerosos del uso frecuente y los sangrados nasales que nos provocó a Chilaca y a mí.

Llegamos a la terminal de autobuses de Taxqueña en jueves por la tarde. La idea era llegar por la noche a Acapulco, rentar un cuarto de hotel de paso para todos, dejar las mochilas y luego salir a dar una vuelta por la Costera.

No había boletos en ninguna línea. Casi agotados desde un día anterior. Los pocos disponibles se habían vendido durante la mañana y solo quedaba esperar que hubiera corridas extras. Las salas repletas, y los andenes de abordaje estaban atiborrados de "chavos de onda" mochileros. Apestaba a cerveza y mota.

Entraba otra multitud similar por los accesos a la terminal. A eso de la medianoche, luego de horas de espera echados en el andén, conseguimos subir en el último Flecha Roja que, como todos los anteriores, iba repleto. El chofer nos cobró, al momento de subir, el doble del costo del boleto.

Nos tocó viajar de pie en el pasillo toda la ruta, sobrios por falta de previsiones. El autobús, atiborrado, no traía baño. El chofer hizo varias paradas, forzado por los reclamos de pasajeros en estado y pinta terribles. Yo iba de pésimo humor, arrepentido. Una escala bajé a mear con la mente obsesionada en el recuerdo de mi visita al laboratorio de la facultad, con Chilaca, por más *poppers*. Lo vi atento a su lado mientras preparaba la poción como un científico de película del Santo. En el amplio laboratorio solo había un par de estudiantes en bata blanca en otra mesa de trabajo, lejos de nosotros. Las amplias ventanas, con puertas de ventilación en la parte de arriba, abarcaban, en ángulo, la mitad de altura de dos de los muros de ladrillo café. Me puse nervioso, como si fuera a sorprendernos El Enmascarado de Plata. Chilaca abrió, con su llave, un estante metálico recargado en un muro sin ventanas, y extrajo, de uno en uno, dos frascos grandes para llevarlos a la mesa, equipada con lavabo y toma de agua, matraces y unos trapos sucios. La mesa tenía rayones viejos surcados en la superficie metálica y en una orilla de madera. Dos tipos de nitritos color amarillo. Ácido acetilsalicílico. Un poco de todo. Distribuyó cantidades similares en diferentes matraces redondos. Las mezcló dentro de una jarra de vidrio con medidas marcadas en rojo. Luego, distribuyó el líquido amarillento en unos tubos de ensayo; los agitaba y los regresaba en la jarrita como de medio litro. Nos hizo toser un poco, y me alejé frotándome los ojos. Chilaca dejó reposar unos minutos el preparado antes de vaciarlo en una botella de vidrio oscuro de a litro y la cerró con una taparosca de plástico negra bien apretada.

En menos de una hora, salimos de ahí con combustible boticario para una alegría fugaz y contundente.

Regresamos en metro. Pasamos a la farmacia París, en el centro, a comprar diez frasquitos pastilleros de vidrio ambarino. La mochila de Chilaca era la de un científico loco: a la Jerry Lewis.

Ya en su cuarto, Chilaca sacó del clóset su *sleeping bag*. Lo desenrolló en el piso. Repartió, a lo largo, nueve de los frasquitos; a cada vuelta que enrollaba su bolsa de dormir. Chilaca había sido *boy scout* en su infancia hasta que terminó el primer año de la secundaria pública donde nos conocimos.

Guardó en su bolsa de viaje el cobertor, y el frasco restante lo aspiramos hasta terminarlo.

Al llegar, en la madrugada, a la central de autobuses, cerca de Playa Tamarindos, recorrimos los alrededores buscando un hotelucho. En varios, nos mandaban de un lado para otro con el pretexto de que no tenían lugar. Encontramos un cuarto cerca de una avenida lejos del centro. Una ratonera con dos camas individuales, una silla, sin closet y el baño sin agua en el excusado. Lo rentamos por una noche a precio de Las Brisas. Ya no salimos a buscar diversión. Juntamos las camas para dormir todos como apandados. Terminé echado en el suelo con mi mochila de almohada.

Desmañanados, sin bañar y en ayunas, nos alistamos. Salimos a buscar transporte. Aún era de madrugada. Al regreso, teníamos pensado visitar al Acapulco, un amigo de nuestra edad que vivía en el barrio de Petaquillas, pero pasaba temporadas con sus tíos en Infiernavit huyendo de la policía. Era un consumado ratero y mariguano.

Los camiones públicos iban atiborrados. Traían rotulados, en un costado del parabrisas, cartulinas y letreros, a mano en pintura blanca: *Festival*. Caminamos hacia la costera un largo tramo y en una base de taxis regateamos el viaje en dos coches. Nos dejaron en un acotamiento de la carretera poco más adelante del aeropuerto. Nos detuvo un retén de policías. Faltaban unos tres kilómetros para llegar a la playa del exclusivo club de golf Tres Vidas. Seguimos a pie, entre una peregrinación al mismo lugar. Topamos otros cuatro retenes cada vez más pesados. Nos ordenaron abrir las mochilas. Los granaderos las aventaban al pavimento como basura luego de decomisar lo que les gustaba. Separaban al azar a quienes veían sospechosos para interrogarlos antes de dejarlos ir bajo amenazas e insultos. De milagro, nunca esculcaron el eslipin de Chilaca. No pedían mostrar el boleto.

Al fin, llegamos. Nos recogieron las entradas y cruzamos una larga brecha antes de la playa ya invadida por los asistentes. Estaba prohibido meterse al mar abierto, esplendoroso y tranquilo. Animados, nos ubicamos en un buen lugar bajo un mirador de salvavidas, abandonado, entre el escenario y los puestos de bebida y alimentos. Pasaban vendedores con charolas ofreciendo jarritos con refresco de toronja y tequila. Tres mil pesos. Lo doble de lo que costaba en cualquier piquera de la capital. Compramos nuestras bebidas y brindamos por nuestra expedición más arriesgada fuera del D. F. A eso del mediodía, se agotaron los cocteles. Fuimos a los puestos por cervezas.

Era como un balneario del oriente defeño. Pese a la prohibición de los organizadores, buena parte de la multitud retozaba en el mar, o tomaba el sol, remojada y empanizada con arena. Vestida con sus garras rockeras, la mayoría.

Nos tocó presenciar un ritual azteca y a voladores de Papantla a un lado del escenario. Lamentable. Comenzó el maratón rockero con una bienvenida por micrófono del pesado imitador y comediante Flavio como maestro de ceremonias. El rockero mexicano aguanta cualquier afrenta. Ahí vino Flavio con su pinta de burócrata, reventado, agradeciendo nuestro apoyo al Festival de la Amistad para reunir fondos destinados a los damnificados del terremoto el año pasado en el D. F.

Era pésimo el audio. Como siempre, El Tri se echó a la bolsa a la banda. Entre una rola y otra, repartió mentadas de madre a la policía y a la pésima organización. Así mantuvo en paz a la multitud sobajada.

Comenzamos a meternos *poppers* al pie del mirador de madera corroída por la sal. Nos convertimos en unos *Koblenz*. Colgamos toallas del lado en que pegaba el sol y nos sentamos en la arena caliente. Poco después, ya de pie, loqueamos al ritmo de la música sin hacer caso a lo que ocurría alrededor.

Cerca de nosotros, una caravana de motociclistas con banderas de Canadá y Estados Unidos montaron su bien equipado campamento dentro de un círculo amplio, formado con sus imponentes *Harleys*, para aislarse de la enorme horda prieta que los rodeaba, orgullosa de su atuendo estilo apache y azteca, catequizada por el rock. El choque cultural respetaba sus distancias.

Ya sin precauciones, seguimos metiéndonos la pócima nasal. Al poco rato, un émulo de *El salvaje*, que se dirigía a los puestos de bebidas, nos vio y desvió su camino para ir hacia nosotros. Me pidió, amistoso, una probada. Apestaba a sudor de toda la ruta desde algún pueblo de Wisconsin. Tenía ojos de pez japonés. Le acerqué el frasquito a su nariz roja, adornada debajo con un mostacho. Le dio un jalón de conquistador en cada fosa. AAAAAAAAH. Grazias, amigou. Me dio una palmada en el hombro y se despidió con una sonrisa plena.

No tardó en regresar. ¿Tienez un poco maz? Te comprro. Nos recorrió con la vista un tanto desconfiado. Alcé las cejas para consultar a los demás. Las respuestas fueron gestos de rechazo al *Hell Angel*. Pero Chilaca me pidió el frasquito oculto en la bolsa de mi bermuda de traje de baño. Se lo di de mala gana. Tenía poco menos de la mitad.

—El jalón a quinientos mil varos.

Eran tiempos de los nuevos pesos.

—¿El jalán?

—Sí. —Con la mano izquierda abierta hizo la seña de "cinco" y se lo llevó a la nariz para apretar la fosa del mismo lado, y luego abrió el frasquito para darle otro jalón a la pócima.

—Oh, ya. No, todo el ummm…

El salvaje drogo señaló el frasco.

—Chale.

—Es mucho.

—Si quieres. ¿Duyu guant?

El gringo sacó de la bolsa trasera de su Levi's, tan viejo como él, su cartera de cuero gorda de billetes e identificaciones plastificadas.

Pagó y se fue de prisa a su campamento.

Más gente se dio cuenta y poco a poco comenzamos a vender jalones en mil pesos. Habíamos iniciado un tratado internacional de comercio tripartita entre viciosos. La demanda nos agobió y a ratos quedamos rodeados de pandrosos. En dos horas, ya no teníamos *poppers* ni para nosotros. Al momento, gastamos las ganancias en chelas hasta que se agotaron en los puestos de venta. Ya pedos y moqueando, nos dispersamos. El ruidero y el tumulto me valió madres. El mar hermoso estaba invadido de sargazo humano. En la playa no cabía un danzante más con ese estilo prehispánico y callejero adaptado al rock pesado mexicano; el Gran

Reventón Macizo era amenazado por el acoso y los abusos de la policía. A esa playa nomás le faltaba una Estatua de la Libertad enterrada de cabeza.

A la orilla del mar, encontré un grupo de unos diez hombres y mujeres treintañeros de tipo criollo y cabelleras largas. Vestían túnicas blancas casi transparentes sin ropa debajo, diademas de flores de plástico y pinta de burgueses. Ahí había más dinero que entre la bola de macuarros acomplejados que se acercó a observarlos con curiosidad, sonriéndoles. El agua apenas cubría los tobillos de los jipis. El líder, algo mayor que los demás, era el único con el torso desnudo y usaba un pareo para cubrir sus partes bajas. Traía tatuado en el omóplato derecho un símbolo del yin yang. Dirigía a sus discípulos con movimientos circulares de las manos para que danzaran a su ritmo con la cabeza y los brazos, invocando, con los ojos cerrados, a una deidad en el cielo, ajenos al tumulto y la estridencia de la música en el escenario.

Me recordó al Astroide, otro burgués cuarentón que conocí por una amiga tijuanense. En alguna ocasión le habíamos pedido lana como suscriptor de un tabloide nuestro. Vivía en San Ángel, en una cabañita al fondo de la casa de sus padres, académicos de la UNAM y jipitecas. Se decía experto en cartas astrales y quiromancia, mariguano pesado y fan de Alester Crowley. La cabañita oscura apestaba a humores acedos e incienso; en un buró de madera estilo colonial estaba la biografía de "el hombre más malo del mundo", rodeada de ceniceros repletos de bachas. El Astroide, excepto que mantenía encerrado en el clóset su mariconería, era todo lo contrario a su gurú, también conocido como "el padre del satanismo moderno": fresa, tacaño e hipocondríaco. De un momento a otro había Astroides por todos lados, ávidos de rozarse con la prole. Empezaron a dejarse ver en eventos masivos con su apariencia de buena onda. Se habían convertido en la conciencia progre del D. F. Bola de ojetes, eran convenencieros y estaban listos para aprovecharse de nosotros con lo que llamaban "apropiación cultural".

El grupo de mirones seguía entretenido con la secta, como un espectáculo extra del festival. Alguien me roló una bacha. Me engarrotó la mezcla de lo que me había metido antes. Comenzaron a zumbarme los oídos. Me ardía la nariz. Estaba exhausto. Se me bajó la presión. Me recosté sobre la arena. Me estaba dando la pálida cuando me sacudieron unos gritos delante de mí:

—¡Estamos en la nueva era del Amor Cósmico! ¡Seamos uno solo para unirnos con el Universo! —convocaba el Jim Jones ronco del Festival de la Amistad Acapulco 86.

Se oyeron risillas y aplausos desganados entre sus seguidores proles. Una pareja de concheros rockeros se unió al ritual; ignorada por los oficiantes comenzó a bailar al ritmo del rock que escupían los amplificadores lejos de ahí.

De pronto, se soltó una estampida breve; ocurría a cada rato por cualquier motivo.

Me obligó a correr. La secta mantuvo la calma y permaneció quieta dentro del mar. Yo tomé por el lado contrario del escenario. Por varios flancos, los polis amenazaban con sus macanas al personal. Pateaban lo que salía a su paso sobre la arena. Si se les cambiara el uniforme por el atuendo de los agredidos, serían el mismo tipo de persona.

Me desorienté y no encontraba nuestro campamento. Caminé aturdido entre el gentío y las incomodidades, por no decir temor a recibir una madriza, la desorganización y los abusos de la policía y los comerciantes. Requisitos obligatorios para el público fervoroso de las tocadas de rock. Éramos una presa fácil, ingenua y manipulable, por más que nos pintaran como "rebeldes" y peligrosos. Así tenía que ser para que les diéramos credibilidad a nuestros *underground* y "contracultura" prehistóricos, que bien a bien ni nos importaban. Años después, en Nueva York, y luego en París, confirmé que solo en México nos trataban como delincuentes orgullosos de ser parte del lumpemproletariado.

Entre la bola, creí ver, a lo lejos, a Chilaca asediando a una chava. Seguro lograría su objetivo, tenía atractivo y desfachatez. Perdí al resto de mis amigos. Ni en las interminables colas para usar los retretes los encontré. No se separaban y probablemente preferían tomar distancia de Chilaca y de mí. Nos unía la conveniencia y dábamos bandazos. Decía Alfred Hitchcock que nunca le diéramos la espalda a un amigo. Tenía razón.

Al fin encontré el punto de reunión. El festival seguía como un huracán de insolación colectiva y sudores. El ambiente contenía una calma chicha. Se había suspendido la venta de alcohol y comida. Los puestos estaban vacíos.

Le tocó su turno a una banda gringa de *heavy metal* tipo *glam*, poco conocida a no ser porque días antes la estación de radio puso sus rolas para promoverla como superestrella. Muy buena, y aguantó las interrupciones de Flavio, que durante toda la jornada pedía orden. Llamó al escenario como madrina a una joven *vedette* de películas de ficheras. Entregó ramos de flores a los güeros y se quedó en el escenario ignorada por todos.

Llegaron mis amigos, bien asoleados con vasos a medias de tequila con agua de piña y comiendo restos de torta. Le habían comprado a un vendedor ilegal. Compartieron conmigo un poco de lo que traían, en lo que poníamos atención en el escenario. Chilaca seguía perdido.

Salió, de la nada, de la playa oscura. Venía agitado, pálido y con los labios resecos. Traía los brazos cruzados para ocultar la playera hecha tirones, no decía nada, su mueca era la de encontrar la fórmula secreta de otra droga. ¿Qué te pasó, wey? Nada, nada, nomás di el rol. Así se comportaba cuando se ponía hasta el rabo. Era mejor no moverle. Podía estallar en uno de sus desplantes agresivos que nos metían en madrizas con extraños.

En punto de la medianoche, apareció en el escenario la hermana menor del legendario Michael Jackson. Comenzó bajo chiflidos su único éxito que sonaba pegajoso en la radio: *If You Feel the Funk*. Discofunky aguado. Con eso prolongó su show unos minutos hasta que suspendieron la música. Parecía una niña pequeña desmelenada y en mallas. Alcanzó a dar las gracias como despedida antes de que apagaran las luces en el escenario. Abucheos, mentadas y proyectiles dirigidos por la multitud. Los granaderos entraron en acción. Flavio pedía calma desde el micrófono y prometió que el festival continuaría más tarde.

Pasó el tiempo y nada. A punta de macanazos y detenciones, la policía controló los brotes de sublevación. Comenzó una desbandada general que se tragó la oscuridad. Nosotros preferimos pasar la noche en la playa entre cientos de aferrados. La policía prohibió las fogatas, levantar casas de campaña y nos ordenó quedarnos quietos, acostados sobre la arena.

Poco antes del amanecer, la policía montada nos levantó a punta de macana para corrernos de la playa. De camino a la carretera, los granaderos robaban a la gente. Otra vez, nos tocó buena suerte y no perdimos nada. Caminamos por la carretera de regreso a Acapulco. A la entrada de la zona hotelera faltaba poco para el mediodía. Bajo el sol candente tomamos un camión de transporte que nos dejó a unas calles del hotelucho. Cagamos ahí y cada quien iba por dos o tres cubetas de agua en una toma a un lado de la recepción. Sin bañarnos, registramos la salida rumbo a la terminal de autobuses. Extrañamente, había corridas continúas, suficientes y con asientos disponibles. Era como si nadie quisiera regresar al ruinoso D.F. Conseguimos de inmediato boletos en un Flecha Roja, la línea más barata y con fama de peligrosa. Dormimos todo el trayecto, a vuelta de rueda, incluso en el metro y en el trolebús que nos acercó a nuestros domicilios.

Pasé días sin ganas de ver a nadie de ellos y menos a Chilaca. Volvimos a ser una banda unida antes de empezar el Mundial de futbol.

En México, solía vestir camisetas de algodón, sin mangas, de color o a rayas horizontales negras y blancas. Cuando formalicé mi relación con Margot, dejé ese estilo, acosado por las mujeres al cuidado de "civilizarme"; me comparaban con la *racaille*, o sea, los negros y árabes de las *banlieues*, el mismo tipo de gente que Margot encontró después en las barriadas chilangas.

Ya en Acapulco esta vez, se puso de moda entre mi familia ponerse tatuajes de calcomanía. Bastó que una de las tantas niñas vendedoras, que además hacía trenzas a la Bo Derek, convenciera a Yayo de calcarle un ancla en un bíceps para animar a mi hermana y a sus hijas a ponerse en brazos y piernas flores y sirenas que se borraron en cuanto chapotearon en el mar. El resto del día nos asedió un avispero de "artesanos" y vendedores ambulantes. Yayo se sentía rudísimo y se convirtió en el mediador para pedir botana y bebidas cargadas a mi cuenta.

Asoleados, requemados, achispados. Disfrutamos del atardecer entre una fila kilométrica de mirones a lo largo de la playa. Margot tomaba fotos en grupo con su cámara profesional y las enseñaba por la pantallita a su "familia mexicana" que todo le festejaban. Traía un antojo insaciable de garnachas que ofrecían los vendedores en charolas de madera cubiertas con papel de estraza grasosa. Las pescadillas y los plátanos con leche Nestlé la volvían loca. Todo el día tomaba refresco Yoly de limón, helado.

Fotos solo de nosotros dos nomás nunca las permitió.

La segunda noche, aún temprano, Daría estaba inquieta y se asomaba a cada rato por la terraza, atenta a la calle debajo de la casa. Apenas había alcanzado la mayoría de edad y ya fumaba como veterana. Al poco rato, muy espichado, llegó el novio acompañado de la noche. Daría bajó a abrirle con una cara de sorpresa como si tocara Luis Miguel. Traía cara de ofendido y, como regalo para su novia, un suéter de lana de Chinconcuac. Gran regalo a treinta y pico grados. Ramiro, el invitado sorpresa. No supimos cómo llegó hasta la casa. Se suponía que no tenía la dirección. Los amantes nunca son leales a las familias. Mienten, disimulan, conspiran y se alimentan de una osadía que mantiene ardiendo el deseo. Todo eso se va en cuanto su fiebre amorosa pasa a la etapa de la cuarentena. Todo para que los acepten las familias. Nada como lo furtivo.

Daría traía cara de que el planeta estaba invadido de marcianos. Se abrazaron y el advenedizo nos saludó sin dar explicaciones. Casi nos sentimos apenados por no recibirlo con un coctel de bienvenida. Diez minutos después, ya estaba integrado con sándwiches y cubas a destajo. El mismo día que llegamos, consiguió un alojamiento en Playa Azul, allá por la Playa Cici, lejísimos, al otro lado de nuestro lugar. Viajó en un camión tuneado que circula por la costera y luego un taxi lo subió a donde estábamos. Nos contó que el taxista hizo un enorme rodeo para cobrarle más, se bajó del taxi y nos encontró, perdido entre las calles empinadas y oscuras.

Mientras tanto, Margot metida en el jacuzzi como si se recuperara de una dolencia muscular. Saludó al pretendiente de Daría con una actitud de mujer de mundo, sosteniendo, en mano, como una copa de champaña, la enésima Yoli del día. Vivía en su mundo, ajena a lo demás. Mi familia la consentía, y a mí me regresaba a una mujer que me avisaba el final.

Nuestro amor se ahogó en las ciénagas del Sena.

En los mejores momentos, casi a diario caminábamos por horas a lo largo del río. Éramos incansables. Tomábamos descansos en las bancas de las orillas, compartidas con los *clochards* y personas solas, tristes y reflexivas. Los escuchábamos con atención y nos reímos abiertamente de ese regimiento de deschavetados que encontrábamos por toda la ciudad. Yo estaba embobado con Margot. Era alimento de vida, y yo no desperdiciaba ni un mendrugo. Nunca me aburría en los cafetuchos con las conversaciones espontáneas de sujetos y mujeres que me contaban algo minuciosamente. Apenas y les entendía, pero no nos importaba, ni a ellos ni a mí. Borrachines con labios entintados de vino.

El sonido del fraseo me seducía y llenaba de vigor. Casi todos refunfuñaban del gobierno y la vida que tenían antes. Conocí profesionistas que renunciaron a todo y se fueron a vivir a la calle. Cuidaban lo poco que les quedaba.

A veces, nos recostábamos en la orilla de las murallas del Sena. Mollera contra mollera, rozándonos. Traíamos el cabello largo. Yo daba la pinta perfecta del buen salvaje muy viajado. Mirábamos el atardecer o el inicio de la madrugada silenciosa. Nada nos molestaba. En esas madrugadas, Margot cantaba *La Javanaise*, mi canción preferida de Gainsbourg. Me enseñó la letra, lo que decía y a pronunciarla. Así la cantábamos con su voz entonada de *mezzosoprano* con mis coros lijosos que hacían un contraste como voz de un *clochard* promedio. *J'avoue j'en ai bavé pas vous / Mon amouuuuur. Nous nous aimions / le temps d'une chansooooon.* Confieso que la pasé mal, tú no.

Sé que esto puede resultar cursi, pero así era. Regresábamos a la casa de la ogresa o con Maud y las encontrábamos dormidas bien pasadas por calmantes. A veces, su soledad perdía contra el insomnio. Me costaba orientarme en el trayecto; el hachís me hacía perder el sentido. No teníamos que convivir con ellas en esos momentos. Momentos necesarios para que tuvieran un mínimo de chispa en sus vidas. Y nosotros siempre arrimados, ella y yo.

Yo le insistía a Margot hacer un viaje nocturno en uno de los camioncitos de transporte público retocados. Yo solo lo había visto en Acapulco. La costera como parque de diversiones de alto riesgo. Las carrocerías traían pintura metalizada, estridente y barroca con diablos, sirenas, piratas, vikingos y monstruos hollywoodenses fosforescentes. Por dentro, los iluminaban neón y bolas de espejitos tipo disco. Volumen altísimo con sus estéreos *hi-fi*. Adornos fluorescentes, ventanas polarizadas, asientos de peluche o en vinil capitonado. Rótulos con el nombre del chofer o de su novia, como *low riders* de la ruta Costera-Diamante. Fantasía naca a la Baby Ó. Yo ya había bajado la tarde anterior en una escapada para conocer la ruta y si era segura.

Pero, ahora, el horizonte estrellado y tibio nos regalaba un momento espectacular para entregarnos al llamado del vodka helado. Mirando a la noche lejana entendí que mi conexión verdadera con París y Margot era el ruido majestuoso del silencio que nos acompaña afuera, en una noche plácida hasta el amanecer, mientras dentro de nosotros mismos ardemos bajo un estruendo de ideas, recuerdos e incertidumbre.

Margot evadía acompañarme ella sola. Le daba miedo México, relacionarse con su gente bronca, escandalosa y confianzuda. Decía Anaïs Nin que la única anormalidad era la incapacidad de amar. Esa tarde habíamos entrado en grupo a comer en una fonducha en el centro del puerto, oscura y cochambrosa, que ofrecía unas garnachas deliciosas con pescado. En una de las paredes, estaba esquinado un árbol de navidad enorme, casi sin esferas ni luces de colores, las ramas blancas de plástico estaban dobladas hacia abajo. Al lado, había una rocola de color rojo, tocaba todo el repertorio de corridos de Los Tigres del Norte.

Al mediodía, viajamos a Punta Diamante en un taxi colectivo; atrás íbamos dos parejas; adelante el chofer, y en el asiento de al lado dos compinches. Nos fuimos aparte de la familia con la idea de pasar un momento a solas. Olía a sudor, y en los asientos adelante a cruda. A mi lado y de frente parecía a toda velocidad un cortometraje de postales de un puerto masacrado por inmobiliarias. Edificios abandonados, terrenos con casas a medio construir, hoteles por todas partes. Iba con nosotros otra pareja de turistas que se bajaron en Puerto Marqués. Llevaban una bolsa de asas enorme llena de toallas, ropa de playa y una bolsa de pan con sándwiches.

En cuanto bajó la pareja, los de adelante comenzaron a discutir a gritos entre ellos. Puras palabrotas y mentadas de madre. El florido vocabulario del costeño. Margot y yo íbamos untados de nuestro propio sudor. Abrimos las dos ventanas traseras y el aire nos desgreñó. El chofer conducía a toda velocidad de manera temeraria. Uno de los tripulantes iba borracho y volteaba a vernos con los párpados hinchados a medio caer. Los tres amigos traían los ojos rojos, las bocas entreabiertas y los labios resecos a pesar de que tomaban de una botella de cocacola mezclada con algún licor.

Margot no despegaba la vista de la ventana de su lado, donde solo se veían rocas a esa altura del camino. Me rechazó cuando quise tomarla de la mano para tranquilizarla. Tenía suficiente experiencia como para saber que el mexicano es fanfarrón y, por lo regular, lambiscón con los extranjeros. Pese, y así, nos habían asaltado en Tepito meses después de nuestra llegada a México. En la calle de Paraguay, cerca de la Lagunilla, salieron de dos vecindades unos chavos armados con fuscas y puntas filosas. Iban en dos grupos. Nosotros íbamos de paseo también en dos grupos. Yo iba aparte, con Margot y Lucía junior, que no se le despegaba a la tía parisina. Llegaron decididos. Uno de ellos tomó a la niña del hombro y la encañonó en la sien. Se me ocurrió decirles que nuestro dinero lo traían los otros: Yayo, Lucía y Daría, detrás de nosotros. Nos quitaron nuestros anillos de compromiso de oro florentino que pagó el padre de Margot en París. Parecía cábala. Querían todo y, por prisa, no esperaron a quitarnos los tenis. Les di mi cartera con unos cuantos pesos. Sentí un fuerte piquete en las costillas. Margot se puso pálida a punto de desmayarse. La niña pujaba con sollozos ahogados, aun después de que nos dejaron libres para ir sobre los demás. Después del atraco, nos reunimos a media calle. Nadie sabe qué hacer en una situación así, por más que sea común. El pendejo siempre es uno a los ojos de los demás.

Nos quedamos asustados y confundidos a la vista de los vecinos que de inmediato habían acaparado las banquetas; fingían no saber de dónde salieron los atracadores. Se portaban igual que el gobierno ante los fraudes y estafas de sus funcionarios. Era un paseo sin lujos: habíamos comido jícamas con chile y tomamos sueros sin cerveza. Mi hermana hizo un escándalo y no bajó, a gritos, de rateros a los mirones en los zaguanes y desde sus ventanas. Huimos al estacionamiento, y después quemando llanta. Margot no paró de llorar el resto del día, dedicado a desahogarnos con nuestras versiones que no cuadraban entre una y otra.

En el taxi, el chofer le subió al volumen de su estéreo con música tropical.

—Epa, que se ponga de buena la güera. Viene de lejo. ¿Verdá, amigo? —me decía, mirándome por el retrovisor.

—Ey.

—¿De donde viene la señorita?

—De Francia —dije de mal modo.

—Parla francés, jajaja.

La risotada estridente, desafiante, menospreciaba mi hombría. Los tripulantes discutían entre ellos por una deuda de dinero; el que iba junto al chofer le movía el volante con la mano.

El otro comenzó a dormitar.

El calorón húmedo nos tenía atolondrados a Margot y a mí; a los otros, por la peda.

Paramos en una acotación, y el chofer se apeó corriendo para bajar por una brecha de terracería en dirección a una construcción a medias, al parecer abandonada. Se oían a lo lejos los gruñidos de unos cerdos y ladridos.

El chofer regresó al poco tiempo con mala cara. Venía rezongando entre dientes.

Se subió dando un azotón a su puerta. Algo le preguntó el copiloto a su lado y comenzaron a discutir. "Por mí que te cargue la chingada". "Ere puto, dime la neta. ¿Trae o no trae?". "No te debo na, si te pago e porque quiero". "Ah, chingá, ere culero, yo te traje".

Y así hasta que nos bajaron en Punta Diamante, entre un trago y otro mientras acababan su refresco. El otro compinche cabeceaba reclinado hacia la ventana abierta. Se le movían agitados por el viento tibio unos mechones de pelo requemado.

Antes de apearnos, pagamos el doble de lo que habíamos acordado al subir. Discutimos. El tono del chofer se hizo amenazante, dijo que queríamos estafarlo. "No se pase de listo, chilanguito", dijo. El otro bajó del coche sin decir nada y se paró cerca de nosotros. Margot me gritó:

—Ya vámonos, carajo.

—Espérate, chingada madre.

Iba asustada y harta de que yo renegociara la tarifa. Yo igual. Pagué.

Al alejarnos, el copiloto al lado del chofer gritó:

—Ta guapa la güerita. Cuídela, amigo.

Caminamos rumbo a la playa, ignorando las risas del chofer y sus comparsas, que seguían estacionados con el motor encendido.

Estuvimos unas horas en la playa. Margot estaba furiosa y no había con qué contentarla. Sin hablar con nadie pasó el rato pidiendo Yolis y comió, aparte, unos camarones. "Ya se le quitará", le dije a la familia, a manera de disculpa. Apenado, me aparté del grupo y fui a caminar por la playa casi vacía de bañistas, pero muchos meseros y vendedores ambulantes ofreciendo parasoles, tumbonas, bebidas, suponiendo que yo traía dinero.

La tranquilidad es privilegio de los pudientes.

Eso parecíamos.

Nadie nos acosó una vez instalados en una isla con parasol, tumbonas y una mesa de centro que siempre estuvo ocupada con cervezas a precio de champaña.

Yo ya me quería regresar al D. F. y de una vez separarme de Margot. Ella no me lo había dicho, pero iba a dejarme otra vez, para siempre. Yo lo veía claro. Su desapego era una agresión pasiva que ella manejaba como maestra. Y si no, su hipocondría. Su migraña aparecía en momentos claves: cuando no quería ir conmigo a ningún lado, con amigos, cuando había una fiesta, cuando no hacía las cosas a su modo. Como arte de magia, la jaqueca se iba en cuanto recibía una llamada de su hermana o de la arpía. Horas de chismorreo quejoso. México estaba a la altura de Mozambique. Los buenos salvajes mexicanos me aman, pero son eso, salvajes; era parte de su conversación que venía en recibos de teléfono exorbitantes.

A la vista, el mar esmeralda, tranquilo y sin bañistas. A lo lejos, un buque llegaba al puerto. Yo, de pie, frente al horizonte luminoso sin nubes. Me enceguecía su resplandor. Fue la primera vez en todo el viaje que me sentí pleno, dueño del timón de mi naufragio.

Regresamos a Coapa. Me quedaba casi nada de dinero. En la casa de vacaciones dejé mi traje de baño, las sandalias y las playeras. Dos semanas me bastaron para regresar a mi bancarrota. Fue la señal indicada. En verano, Margot tomó su avión. Sola. Hizo todo lo posible para ponerme obstáculos y que yo no regresara con ella.

No se atrevió a decir que era una separación definitiva.

IX

He regresado a Acapulco. Antes de Otis. Yo no tenía ni la menor idea de lo que se avecinaba. Nadie. Un huracán que se añadiría a la polifonía semántica de la muerte y destrucción. La definición *damnificado* debería de ser nuestra nacionalidad. Por ahora, entro a la vejez como si nada. Funciono bien pese a todo pronóstico. Es mi celebración privada.

Pasamos las vacaciones encerrados la mayor parte del tiempo en el hotel y el segundo día solo salimos de paseo a ver los clavados en La Quebrada. Estamos a diez minutos del hotel en taxi. En el estacionamiento, hay algunos vendedores de *souvenirs* y taxistas asoleados a la espera de clientes con tarifas altísimas. Elegimos un restaurante bar con espléndido mirador: La Perla. (Steinbeck). Preferimos ahí tomar unas copas que ver el espectáculo a pleno sol en los miradores públicos, donde, para empezar, no venden cerveza. Debajo de nosotros hay pocos espectadores.

Somos los únicos en el bar, excepto los meseros.

Son treinta y cinco metros de altura desde la punta del risco y unos cuantos segundos lo que dura el salto de los clavadistas al vacío esmeralda y espumoso. Caen como pelícanos de pesca. La temperatura húmeda, el ruido del oleaje y de la calle a las afueras me aturden, y mirar hacia abajo me provoca vértigo. Johnny Weissmüller escala por la parte alta del risco seguido de mi padre. A mi distancia parecen dos iguanas. Quieren tirarse al mar y disfrutar de los aplausos, pero Lucio además busca el dinero, como los otros clavadistas que recolectan entre el público apiñonado en los miradores debajo de nosotros. Me duele la cabeza y siento descargas de escalofríos, sobre todo en la espalda. Tarzán tiene cincuenta años. Lucio treinta y cinco y solo se tiró dos veces. Tiene miedo y remordimientos. Teresa, su esposa, le ha suplicado que no lo haga. Pero Lucio no sabe qué hacer con su vida, vive apanicado y pasa muchas noches temblando en la cama, empapado de sudor entre terrores nocturnos. No tienen dinero para darle de comer a sus tres hijos, unos niños. Solo le queda tirarse clavados, internarse al mar en una lancha para pescar o clavarse lo que pueda entre los turistas. A veces los "golea": vende bisutería bañada de oro bajo, haciéndola pasar por fina. La primera vez Teresa creyó que le había dado tifoidea hasta que se da cuenta que su marido delira de miedo. Él le jura que no volverá a hacerlo, pero que no lo deje por alguien más templado y suertudo con el dinero. Yo no te puedo dejar porque no hay nada mejor que cuidar de alguien que nunca se sale con la suya, dice ella, tranquilizándolo. Escucho el grito de Tarzán que invoca al valor que no tenía. Jamás se tiró un clavado y siempre usó dobles de cine, uno de ellos murió en una escena en *Tarzán y las sirenas*, catorce años después de que La Quebrada se convirtiera en atracción turística.

Pido otro Negroni a cuenta de Bere. Todo me deslumbra y sofoca. No quito la vista de los clavadistas y su hermoso vuelo en picada, como cristos entregándose al infierno. Aplaudo, eufórico, con la última tanda de saltos y busco a Tarzán y a mi padre entre el oleaje de mi pasado. Están sentados de espaldas a mí en una piedra a lo alto del acantilado. Comparten un cigarro. Coinciden en que odian a los gringos. "Yo quiero ser mexicano, amo este país", dice el actor. Lucio chasquea los dientes y dirige su mirada al mar abierto. Los separa del vacío para ofrendar sus vidas al olvido.

No recuerdo cómo regresamos al hotel, me siento mareado como si hubiera llegado en una lancha contra corriente. Me pasa pronto el malestar y ahora estoy frente a la alberca disfrutando de la puesta de sol con un *gin-tonic* en la mano. A decir verdad, disfruto cómo se divierten mis amigos. Bere, estoica, soporta que yo permanezca a penas a flote. Chacotean bailando a gogó. *Y solo dame una señal chiquita, oh sí.* Su beodez es chacotera. "Es tu cumple, cabrón", me grita Aníbal, brindando con su cerveza en mano. Los demás le meten a todo lo que pasa por la charola del mesero o directamente en la barra. Salgo a caminar y dejo atrás la bulla a mis espaldas. Mantengo el equilibrio en el adoquín que se mueve bajo mis pies descalzos. "No seas amargado. No vayas a regresar con un gringo, inchi gay". No reconozco de quién es esa voz. Aníbal pide en la barra otro pomo de ginebra para que nos lo lleven a nuestra mesa al lado de la alberca. De pronto el cielo se nubla.

Desperté a medianoche, en la cama, con Bere a mi lado, revisando mensajes en su teléfono. Perdí la noción del tiempo y para qué estoy ahí. Estamos a oscuras y el resplandor de la pantalla vuelve espectral nuestra presencia. Le aprieto el brazo derecho para comprobar si en realidad es ella. Me incorporo para recargarme en la cabecera con las piernas extendidas en la cama. Bere me ha tapado con una sábana que se puso amarillenta de sudor como si la hubiera meado. El manto sagrado del pagano bebedor. Tarzán me trajo casi a rastras sosteniéndome abrazado por los hombros. Descalzos, en bermudas y con las camisas desabotonadas, vamos empapados por la intensa tormenta que no amaina. El copete revuelto de Tarzán le cubre la frente. No paro de balbucear incoherencias. El aliento alcohólico de Tarzán me provoca asco, pero no vomito, nunca lo hago.

—No has parado de tiritar y creí que traías fiebre, pero no, ¿qué te pasa?

—Estoy bien.

—Hablas dormido. En el frigobar hay suero frío, ¿quieres?

—No, o sí, y ponle ginebra por favor.

—Duérmete, ya no hay nada en la botella, te la acabaste.

Tarzán sale del baño, empapado ahora por un regaderazo con la ropa puesta, a hurtadillas abre la puerta y desaparece entre la tormenta.

Por la mañana salimos a desayunar con los demás, muy frescos. Yo, sin cruda, pese a mis borracheras seguidas. Dos de ellos a base de Tortuga, coctel que se decía haber inventado por Weissmüller hace casi cien años. La mezcla de ginebra, ron, tequila, vodka y licores dulces es para malos bebedores y muy del gusto de los gringos. Tengo recuerdos muy vagos de todo lo que hemos hecho en todo ese tiempo.

Se ríen a mis costillas cuando me recuerdan todo lo que dije.

El mobiliario del restaurante con vistas al mar se había estancado en alguna época dorada indefinible; los uniformes de los meseros parecían sacados de alguna de las tantas películas filmadas en Acapulco. El desayuno que pedí me quitó el hambre, y el café, casi las ganas de vivir. Todo obedecía a un universo decaído, que se mantenía atractivo gracias a la fama legendaria del hotel de un puerto turístico que sostenía su grandeza con alfileres.

No oigo barritar al elefante Tantor ni a Tarzán gritar a los suyos, llamando a defender su reino de los invasores. Un África que desconocía. Su fama se basaba en montajes y documentales editados para sus películas. Tantor no era africano sino indio.

Nunca nadaste en aguas salvajes, Johnny, rara vez saliste de los estudios de Hollywood.

Las proezas deportivas del exnadador olímpico poco significan para los borrachines que nos hospedamos por unos días en el Flamingos. 67 marcas mundiales, cinco medallas de oro. ¿Y eso de qué sirve? Alguien decía por ahí que es el triunfo de lo inútil. Es cierto. Todo triunfo lo es.

Dicen que estoy en el cementerio Valle de la Luz, pero no es así, aún vivo aquí como fantasma. En mi agonía, pesaba 30 kilos. Una piltrafa de 1.50 de estatura que en plenitud llegó a los 100 kilos y el 1.90. Padezco locura senil y eso me impulsa a gritar como Tarzán, y la gente se asusta. Tuve dos derrames cerebrales mientras estuve internado en un hospital psiquiátrico de Florida e insistí en que me cambiaran a otro en Acapulco y de ahí al Flamingos. No soportaba vestir una bata blanca todo el tiempo, por eso escupía a los demás pacientes, entre ellos muchos gringos. Desde aquel entonces recorría los pasillos y gritaba como Tarzán. Lo que yo fui y seré siempre. Esperaba la muerte. Pero ya regresé. Estoy buscando a mi mujer, María Brook Mandel. Estuvo conmigo hasta mi muerte. Tuve sexo con mujeres que triunfaban en Hollywood o querían hacerlo. También hombres. Me excedí en todo y cada noche era un Tarzán. Arruinado en todos sentidos, ¿sabes? Mis otras esposas se quedaron casi toda mi fortuna. En Estados Unidos las mujeres te dejan sin nada. La primera vez me divorciaron los de la MGM. A Bobbe Arnst le dieron diez mil dólares para que se largara: yo era un símbolo sexual y ella me estorbaba en el estrellato. María siempre evitó que me fotografiaran sufriendo por la locura. Siempre ha cuidado mi imagen como nadie. No estás lejos de esa edad, amigo. Por eso no disfrutas tu cumpleaños con esos amigos parecidos a los míos pero sin dinero: no toman whisky, no se inyectan heroína como yo y mi pandilla, que incluía a Rita Hayworth y a Virginia Hill. Tú aspiras cocaína. Errol contactaba chicas que querían entrar a Hollywood. Nunca me repuse y me siento derrotado. He perdido la memoria, peso, voz y no reconozco a nadie, excepto a María. A ella me abrazo y lloro como niño asustado. Ella me lleva a la cama o me pasea dentro de nuestra *suite* en una silla de ruedas. Balbuceo, me orino y defeco sin control.

Oigo el grito de Tarzán. De niño, Johnny era enfermizo y flacucho. Anémico y detestaba los deportes. Yo era así en mi infancia. Ahora veo a Tarzán con un taparrabo que representa el heroísmo digno del hombre casi desnudo como objeto erótico. Insiste en decir que él inventó el grito. Pura mentira. Otra más. Era una grabación de su voz más el grito de una hiena al revés, una nota cantada por una soprano, el llanto de un camello y una nota de violín.

Llega la noche y con ella regresa la tormenta. Me encierro en mi recámara para descansar un poco y me quedo dormido hasta ya tarde. Cuando despierto, oigo en la habitación de al lado la guasanga de mis amigos enfiestados. Bere está a mi lado, recostada boca arriba, y despierta en silencio. Está apagada la luz y solo escucho con claridad el oleaje furioso.

—Estoy despierto, digo.

—Yo también.

—Vamos con los amigos, propongo casi como una orden.

—Vamos, es tu festejo.

Doy un brinco de la cama para ir al baño. Me lavo la cara y los dientes y salimos para tocar la puerta de al lado.

Nos reciben como si acabáramos de regresar de un exilio de años. Bromas, gritos y brindis se siguen y repiten uno tras otro. A los pocos minutos Acapulco nos parece increíble con sus tormentas y sus tejones merodeadores debajo de nuestro balcón. Bere me abraza, quizá temerosa de que me caiga por el balcón de la terraza; es un mensaje para que yo no pierda el control y disfrute lo que ella y mis amigos me ofrecen. Me siento aturdido, eternamente briago e inquieto. No hemos visto nada, apenas pisamos la arena. Cerca de nosotros, se escucha ruido de borrachera en otras habitaciones. Sentados en unos sillones en el balcón mirador de la habitación. A lo lejos las luces de los barcos y hoteles parecen iluminación navideña. Los tragos nos pegan rápido, casi no hemos probado alimento. Carbohidratos en cerveza, vodka y ginebra por litros.

Porfirio llevó una bocina de esas que funcionan con los teléfonos. Oímos a alto volumen una amplia variedad de música pop y rock. Poco a poco, se imponen las baladas mexicanas y una tanda interminable de canciones pachangueras. Terminamos haciendo fila india agarrados de la cintura, bailando *banana banana*. Mi decadencia absoluta. Hace algunos años sería inadmisible para mí; ahora le entro a la chacota muerto de risa. Un viejo chacotero. Apenas y hacíamos pausa para servirnos otro trago porque ya estábamos de nuevo bailando en el popurrí de fiesta noventera en español e inglés.

En algún momento, Porfirio me hizo decir unas palabras por mi cumpleaños que ya había pasado dos meses atrás. Dije algo así como que:

Estoy muy contento por no haberme resbalado por el mirador de mi suite *y que no me haya muerto por los miserables mariscos que comimos ese mismo día temprano, en un restaurante frente a Playa Hornos. Sí, de verdad, de la que nos salvamos, pinche gente puerca, y seguimos vivos.*

Bere propuso no regresar jamás a esas playas salvo riesgo de morir envenenados. Me adormece el ruido del silencio más allá del oleaje.

Antes habíamos caminado por el centro de Acapulco calles tristes, olvidables, tomadas por el narco. No había nada que valiera la pena ver salvo edificios viejos medio abandonados. Cruzamos un pasaje comercial conocido porque por ahí había paseado Elvis. Otra patraña. A Elvis lo suplieron con un doble. Vi a Frank Sinatra cerrando algún negocio protegido por Sam Giancana. Maletas llenas de dólares en su *suite* de Las Brisas o en la residencia de una señora de sociedad. El lujoso puerto urbanizado con dólares de lavado de dinero. Los secuaces de Virginia Hill reclutando matones y cargadores de mercancía ilícita. El centro huele a basura y está lleno de gente jodida. Nos tomamos un par de cervezas en unos changarros cercanos a la Plaza Álvarez, en el zócalo. Aníbal fue a ver si en el Sanborns había dos por uno en el bar. Regresó desilusionado.

Caminamos rumbo a ningún lado sobre la costera. Pasamos por Parque de la Reina hasta que llegamos a Playa Hornos, exhaustos y deshidratados. Me aturde el sol y la temperatura húmeda. Comienzo a sentirme de mal humor y me zumban los oídos.

Estamos a treinta y cinco grados bajo el sol implacable. Encontramos unas tumbonas con una sombrilla. De inmediato, llega un lugareño a cobrarnos por el servicio. Novecientos pesos. La playa atiborrada de vulgaridad en traje de baño. A lo lejos, en el mar sucio y tranquilo, cruza un buque. Hay decenas de vendedores ambulantes. Estamos en una de las playas más feas del mundo, probablemente. Es como el centro de la Ciudad de México pero con playa. Pedimos varias tandas de cervezas. Me pesa la cabeza y tengo un humor intratable. Opto por el silencio. Los demás me ignoran y se divierten un tanto desanimados. Quizá la cruda feroz nos ha puesto magnánimos. Nadie se mete al mar, excepto Porfirio. Le vale madres todo lo que impida divertirse. Se interna en el mar hasta donde le cubren las rodillas y mira hacia abajo, como si buscara heces de colores. Bere se para a la orilla del mar sin permitir que las olitas le toquen los pies. Yo sigo pidiendo cervezas para ir a la par de Aníbal y Martha. Carolina y ella se ríen quién sabe de qué. No entiendo su charla no lejos de donde estoy. Al vendedor de cerveza le pregunto:

—¿No vendes algo más potente?

—Le consigo mariguana, muy buena y mucha, la que quiera.

—¿Y algo más?

—Está muy difícil. Pregunte a los taxistas.

Destapa las cervezas y se va caminando como si trajera pañal debajo de sus bermudas con estampado de tablas de surf.

Minutos después, nos asedian vendedores de collares y pulseras "artesanales" para ofrecerme mariguana, y uno de ellos me dice por lo bajo que puede conseguir perico del bueno. Se ha corrido la voz y ahora me siento vigilado por todos los vendedores de la playa, por los "halcones" de los narcos que seguro andan por ahí, por la policía disfrazada de bañista. Soy carnada de tiburones.

Mis amigos no consumen, no puedo fraguar con ellos una escapada para conseguir lo que busco en otro lado, en un taxi, en un antro, con algún otro vendedor playero. Me da miedo, no quiero correr riesgos. A caer en la fantochada de quien se cree que se las sabe todas.

Ya no insisto y me quedo dormido insolado en mi tumbona.

No sé qué me pasa. Bere sigue preocupada e insiste que me porto de manera extraña, como si estuviera bien drogado. Pero no lo estoy.

—Te desmayaste en la playa —dice.

—Claro que no —respondo.

Ni siquiera te acuerdas de cómo regresamos al hotel. Pediste un coco loco y te lo traje a la alberca. Estabas medio dormido y le dijiste a Aníbal y a Porfirio que ya estabas harto de todos nosotros. Anoche delirabas.

Y, ahora, en esta otra madrugada joven, me despido de los demás, y regresamos Bere y yo a nuestra habitación. Me siento lúcido y con ganas de hablar. Nos echamos en las tumbonas del balcón. Ella cree que estoy harto de vivir. En realidad, estoy frustrado por no saber mostrar mi amor a la vida, a Bere, y todo esto aturde relacionarme conmigo mismo, con los demás, sin disimular mi miedo al abandono. Describo casi a susurros la oscuridad del manto que custodia al mar detrás de él. Como le gusta pintarlo a William Turner. Es un horizonte sin estrellas, negro. "Escucha el ruido del silencio", le digo a ella. Es el oleaje bravo, aliado de la noche, de esta, la nuestra. Alcanzamos a ver unas embarcaciones ancladas, zarandeándose cerca de los riscos pequeños. Hay luces en el puerto, y una música suave nos alcanza desde algún lugar de mar adentro. Oigo murmullos imaginarios, como de una fiesta animada, y a veces llantos y rezos de un funeral. Bere entrega su mirada al vacío.

Nos vamos al otro día. Quiero regresar a casa, lejos del huracán que se avecina.

No hay verdades oficiales

Este relato toma distancia de las biografías, testimonios y archivos históricos consultados por mí. Las infinitas posibilidades que ofrece la especulación en versiones conocidas permitieron coincidir, recreados aquí, a algunos personajes icónicos de la cultura pop. Entretejí espacios, diálogos y escenarios en épocas distintas para llenar vacíos. Las verdades oficiales viven atrapadas en el escabroso laberinto de los mitos. Novelar es transgredir la realidad construida por otras realidades. En la mía, recupero algo de los escombros de la memoria colectiva.

Agradecimientos

A mis damnificados por esta aventura: Mi Lucy "Bere", familia Cortés Martínez, Gilma y Daniel, Moisés y Karla, Eduardo HG y Enrique Ortega.

A las mujeres arrasadas por el huracán de nuestras vidas juntos.

A los animales que jamás he abrazado.

Ciudad de México, diciembre de 2025.

Esta obra se terminó de imprimir
en el mes de febrero de 2026,
en los talleres de Impresora Tauro, S.A. de C.V.
Ciudad de México.